un sueño
hecho realidad

un sueño hecho realidad

una novela de
britney & lynne spears

Traducción de *atalaire*

© Del texto: 2001, BRITNEY SPEARS y LYNNE SPEARS
Con la autorización para la publicación en lengua castellana
de Random House Children's Books,
una división de Random House, Inc., New York, New Tork, U.S.A.
Todos los derechos reservados.
© De la traducción: 2001, atalaire
© De esta edición:
2001, Grupo Santillana de Ediciones, S. A.
Torrelaguna, 60. 28043 Madrid
Teléfono 91 744 90 60

Editora: Elena Fernández-Arias Almagro
Coordinación editorial: Anabel Lobo
Dirección técnica: Víctor Benayas

•Aguilar, Altea, Taurus, Alfaguara, S. A. de Ediciones
Beazley, 3860. 1437 Buenos Aires
•Aguilar, Altea, Taurus, Alfaguara, S. A. de C.V.
Avda. Universidad, 767. Col. Del Valle,
México D.F. C.P. 03100
•Distribuidora y Editora Aguilar, Altea, Taurus, Alfaguara, S. A.
Calle 80, n° 10-23. Santafé de Bogotá-Colombia

ISBN: 84-204-4319-0
Depósito legal: M-38.142-2001
Printed in Spain - Impreso en España por Huertas, S. A.
Fuenlabrada (Madrid)

A mi hija Britney.
Gracias, sobre todo, por haberme dado
buena parte de tu valioso tiempo
para terminar esta historia.
L.

A mi madre. Otro recuerdo más
que añadir a lo que hemos vivido juntas.
Gracias por tu orientación, amor, amistad
y sentido del humor.
B.

agradecimientos

Nos gustaría dar las gracias a cuantos han con-
tribuido a hacer realidad nuestro sueño de escribir
un libro juntas. Gracias a Jamie, Bryan y Jamie Lynn
por estar siempre ahí y a Reggie, Sandra, Laura
Lynne, Jill, Kelly, Courtney, Jansen y toda nuestra
querida familia y amigos de Kentwood y de todo el
mundo; Larry, Johnny, Fe, Big Rob, Theresa, Renee,
Bert, David, Dean, Kim, Lisa, Dan y Mark, ¡sabéis que
no habríamos podido hacer esto sin vosotros! Gracias, sobre todo, a nuestros formidables editores
Beverly Horowitz y Wendy Loggia y John Adamo,
Paula Breen, Kathy Dunn, Saho Fujii, Judith Haut,
Liney Li, Erica Moroz, Pete Muller, Janet Parker,
Barbara Perris, Rebecca Price, Tamar Schwartz, Au-
drey Sclater, Andrew Smith, Naná Stoelzle y Craig
Virden de Delacorte Press, junto con Claire Giobbe
y Matthew Miller..., todos os habéis volcado y nosotras lo reconocemos de veras.

Rostros hermosos
son fiel reflejo de la luz
del alma igual que un espejo.

Mc Guffey's Second Reader

capítulo uno

Los cotilleos son el lenguaje vital en las poblaciones pequeñas del Sur. Biscay, Mississippi, no es una excepción. Los cotilleos se difunden entre murmullos y risas apagadas por los patios de los colegios y se meten por las cafeterías y las iglesias de puntiagudas agujas. Todo gira alrededor de los cotilleos en Biscay.

Biscay es un pueblo pequeño de verdad, unos diez mil habitantes nada más.

«Biscay está bien muerto» es la frase más repetida por los menores de dieciséis.

No les falta razón.

El único enlace de Biscay con la autopista no es una carretera de cemento, sino una de doble dirección de asfalto estriado con baches lo bastante hondos como para reventar un neumático radial con fibra de vidrio. Una carretera tan deteriorada es la causa de que ninguna cadena de restaurantes de comidas rápidas vaya a establecerse jamás en Biscay. Y de que no haya una gran estación de servicio con tienda de comida y surtidores autoservicio de gasolina con ranuras para las tarjetas de crédito. La oficina de correos, aparte de ser el principal negocio de Biscay, es la única razón de su existencia legal. No hay centro comercial en Biscay. Para encontrar uno hay que tomar dos autobuses hasta Hattiesburg.

Los chicos de Biscay no tienen mucho futuro. Algunos dejan el colegio para poder ayudar a los padres en el campo. Unos pocos logran marchar a la universidad. Pero la mayoría se queda aquí. Encuentran un trabajo. Se casan. Se hacen viejos. La vida no cambia mucho en Biscay.

Lo que sí tiene Biscay es un secreto del que se habla a media voz, un rumor horrible que hace que las madres manden callar a sus hijos en cuanto lo mencionan. Es patético, casi todo el mundo coincide en esto, que lo más grande que ha pasado jamás en Biscay sea lo único que el pueblo quiere olvidar. La gente dice que en cierta ocasión sucedió una cosa terrible y hubo muertos.

Esto es lo que cuenta la gente del pueblo a los forasteros. Y únicamente se lo cuentan a los que insisten dos veces como mínimo en preguntar por la misteriosa parcela de tierra quemada que sigue afeando con su aspecto las afueras de Biscay. Quizá, por aquello de que la esperanza es lo último que se pierde, algún día pueda hablarse de aquel suceso más tranquilamente.

Al menos todo el mundo abriga esa esperanza.

Porque las personas son así, tienen esperanza y fe en el corazón e ilusiones en la mirada..., hasta los nacidos en Biscay, Mississippi.

***

—Ya está, mamá —dijo Holly Faye Lovell, de 14 años, dando un experto caderazo en el lateral del viejo televisor. La imagen gris borrosa se fue y volvió a parpadear hasta que se ajustó el color. Holly se dejó caer al lado de su madre en el cómodo sofá marrón ya deformado, mientras las familiares y rítmicas notas de la sintonía de *La Hora de los Talentos de Haverty* invadían todos los rincones de la casa.

La madre de Holly, Wanda, comió unas cuantas palomitas de maíz del cuenco de la mesita baja.

—A ver qué ponen esta noche.

Holly sonrió. Su madre decía lo mismo todas las semanas.

Todo el mundo en Biscay veía *La Hora de los Talentos de Haverty*. Era una auténtica institución en el pueblo. Holly pensaba que seguramente se había enamorado de la música antes de aprender a andar, porque su madre siempre había procurado que la música formara parte de la vida de ambas. Se despertaban con Elvis (nacido en Tupelo, Mississippi, muchas gracias), se pasaban el día bailando con los 40 Principales y se iban a dormir con algún otro programa de radio más tranquilo.

Y tenían una cita todos los viernes por la noche delante del televisor.

—Perdona, pero esta noche he quedado —solía decir Holly a Tyler Norwood cuando empezó a pedirle que fuera con él los viernes a Ten Pin Lanes con su grupo de amigos. Se quedaba tan chafado cada vez que lo rechazaba que ella no pudo seguir impasible por más tiempo y tuvo que decirle la verdad, que la dichosa cita era con su madre.

La famosa Escuela Haverty de Música y Artes Escénicas, situada en Hattiesburg, tenía un programa semanal de televisión donde actuaban los mejores estudiantes de música y artes escénicas. Todas las semanas había algo diferente. A Wanda le encantaban los fragmentos de ópera, que ponían siempre una sonrisa en sus bonitos labios rojos. Ninguna de las dos era gran aficionada a la ópera (Holly siempre había querido saber por qué cantantes con inteligencia suficiente como para aprender una lengua extranjera no cantaban en inglés para que el público pudiera entenderles), pero ambas se sentaban en respetuoso silencio cuando alguien de la Escuela interpretaba un aria y rompían a aplaudir nada más terminar.

A Holly le encantaba cuando alguien interpretaba un antiguo espiritual negro y se dejaba invadir por la intensa emoción de la letra. También era aficionada a la música country, salvo las canciones que hablaban de personas que sentían lástima de sí mismas, de que te atropellaban el pie en la parada del autobús o de que tu marido se fugaba con tu mejor amiga y te dejaba descalza y llorosa en la cocina.

Prefería la música pop, las canciones que emitían por la radio, canciones que le llegaban al alma y que les hacían saltar y bailar a ella y a su madre y reírse cuando se daban contra los muebles.

Holly había soñado con ir a estudiar a Haverty. Y con la sensación de salir a cantar una canción al escenario. Pero Haverty no era para la gente corriente como ella, su madre o sus amistades. A Haverty iban los mejores y más brillantes estudiantes de todo el país, cuyos padres tenían pasta de sobra para costeárselo.

Holly y Wanda tenían poca pasta.

Wanda Lovell era la mejor costurera del condado. Trabajaba fuera de casa en una tienda propia, llamada Taller de Costura Wanda, en el mismo Biscay. Tenía una máquina de coser Singer nueva que había comprado el año pasado en Wal-Mart, aunque a menudo prefería coser a mano. Nadie sabría distinguir si estaba cosido a mano o a máquina.

Wanda cosía toda su ropa y todos los vestidos, blusas y pantalones largos y cortos de Holly. Wanda también zurcía y sabía hacer invisibles los rotos. El negocio marchaba bien, nunca figuraría en la lista de los 500 más rentables del *Fortune,* pero con lo que ganaba les daba para vivir a Holly y a ella. Era cuestión de saber hacer economías. Y privarse de ciertas cosas en ocasiones.

El primero en actuar en *La Hora de los Talentos de Haverty* de esa noche fue un muchacho flaco con un pantalón caqui y un jersey de cuello alto que debía de tener la edad de Holly. Se presentó, se sentó al piano y empezó a tocar la sonata *Claro de luna* de Beethoven, una pieza de música clásica que Holly creyó haber oído en un anuncio de detergente.

—Es muy bueno —dijo su madre con movimientos admirativos de cabeza.

—Está bien —reconoció Holly. Había esperado que el programa tuviera un comienzo más emocionante. Imaginó que el chico se volvía hacia la multitud y atacaba una pieza de heavy metal que electrizaba a la audiencia. Eso sí que sería emocionante.

Comenzaba a anochecer y Wanda encendió la pequeña lámpara de imitación de estilo Tiffany, que bañó de luz rosada el cuarto de estar. Holly observó a su madre un momento. Era muy guapa, con el pelo castaño y rizado que le rozaba los hombros y unos cálidos ojos almendrados. «Si no fuera por la marca de nacimiento sería una auténtica preciosidad, aun siendo una madre», pensó Holly al tiempo que se odiaba por ser tan crítica.

Pero era cierto. La marca de nacimiento impedía considerar a Wanda Lovell una reina de la belleza.

La mancha roja de unos cinco centímetros de ancho ocupaba un lado de la cara redonda de Wanda, desde la ceja finamente depilada hasta la barbilla. Su color rojizo ofrecía un vivo contraste con la piel ligeramente bronceada de Wanda.

Holly sabía que había quienes miraban a Wanda y apartaban inmediatamente la vista porque no querían que los sorprendiera con los ojos fijos en ella. Su desasosiego era tan intenso como la marca de nacimiento de Wanda. Pero la mayoría de la gente de Biscay ya se conocía entre sí. La marca de nacimiento de Wanda no era ninguna novedad. Formaba parte de Wanda Lovell, nada más.

Holly y Wanda estaban más unidas que otras madres e hijas que Holly conocía. No había nada de lo que no pudiera hablar con su madre, incluso podía hacerle preguntas sobre sexo. Y no es que ella hubiera hecho nada de lo que tuviera que preocuparse. A Wanda le seguía gustando contar el romance de Holly cuando estaba en primero. Holly se había puesto de pie en un taburete con los ojos muy cerrados esperando a que Tucker Ritchie la besara. Después de contar en voz alta hasta tres sin haber sentido nada, abrió los ojos y vio salir a escape a Tucker. Preguntó a Wanda si había hecho algo mal.

—La próxima vez cuenta más deprisa y párate en el uno —le había aconsejado sabiamente su madre.

A raíz de aquello, Holly se dio cuenta de que en cuestión de romances su madre sí que sabía más que ella.

Un murmullo en la puerta de atrás sacó a Holly de sus pensamientos. Inmediatamente después reconoció unas pisadas familiares.

—¿Nos hemos perdido algo? —Juanita Weaver y Ruby Simmons entraron muy decididas, dejaron los bolsos cargados hasta los topes sobre la mesa de la cocina y dieron un abrazo a Wanda y Holly antes de sentarse como de costumbre en las dos mecedoras de madera llena de nudos.

En realidad Juanita y Ruby eran amigas de Wanda, pero en cierto sentido también se habían hecho amigas de Holly.

—Todavía no —dijo Holly sin dejar de preguntarse cómo se las arreglaba Juanita para cardarse el pelo negro tan alto que tocaba el techo.

—Perdón por el retraso, pero han venido a casa a recoger otro de los cachorros de Fifi. Ya hemos encontrado casa a casi todas las crías —Fifi era la primorosa caniche de Juanita, la perra más mimada de todo el Sur. Había tenido cachorros hacía dos meses y Juanita había estado bastante ocupada en encontrar gente de confianza que los cuidara.

El peinado exclusivo de Juanita no destacaba ese día tanto como de costumbre, pero lo compensaba con creces gracias al reluciente lápiz de labios rosa y el elegante vestido estampado. Tenía un salón de belleza en la planta baja de su casa y era la responsable de la reciente ola de permanentes y ondas atrevidas que se veían por la calle Mayor de Biscay.

Holly no confiaba su espesa melena de color miel más que a las manos de Juanita, muy cuidadas y con las uñas pintadas de rojo. Pero Holly nunca se haría una permanente. Claro que eso Juanita ya lo sabía.

—¡Eh! Ése sí que sabe acariciar las teclas —dijo Juanita tamborileando con los dedos en el brazo de la mecedora.

Ruby puso un plato de pastelillos de pacanas en la mesita baja y al sonreír se le formaron dos hoyuelos en sus sonrosadas mejillas.

—Algo para picar, señoras —dijo guiñando un ojo a Holly, que se relamió de gusto.

—Esperaba que los hicieras —dijo Holly al tomar uno. Los pastelillos de pacanas de Ruby eran muy apreciados en casa de las Lovell.

Igual que el pastel del infierno de Ruby. El pastel de manzana caliente. El pastel de merengue de limón.

Cualquier cosa que hiciera.

Mientras el chico seguía tocando, Wanda se levantó de un salto y se dirigió a la cocina.

—Voy a hacer café.

El trato amable de Wanda y las canciones de Holly invitaban a sus amigas a visitar a menudo su casa.

—He visto un libro que parece que habla de ti —le dijo una vez una vecina a Wanda—. Se titula *Si tienes un limón, haz limonada.*

—Entonces no se refiere a mí —había dicho Wanda—. ¿Quién puede permitirse el lujo de unos limones? Si se refiriera a mí el libro se titularía *Si tienes ketchup y agua, haz sopa de tomate.*

Seguro que muchas adolescentes se aburrirían si quedaran con un grupo de mujeres los viernes por la noche, pero Holly no. Claro que no le importaría estar con Tyler, a pesar de que cuando le había explicado que el viernes por la noche siempre lo había pasado con su madre, él se había quedado de piedra. Pero los viernes eran los días de la relación madre-hija, como le gustaba decir a Wanda. Se reían de la ropa extravagante que llevaban algunos estudiantes de Haverty o se quedaban impresionadas por el talento que mostraban otros. Pero se trataba de algo más que ver el programa de la televisión.

Se trataba de estar juntas. Al fin y al cabo, sólo se tenían la una a la otra.

El padre de Holly había muerto hacía años, cuando ella era aún muy pequeña. A su madre no le gustaba hablar de ello. Tampoco conservaba fotos de él. Holly se preguntaba a menudo qué aspecto tenía y si ella había salido a él. ¿Le gustaba el maíz dulce igual que a ella? ¿Le hacía gracia la misma clase de chistes? ¿Tenía los mismos ojos azul claro que ella?

Se hacía muchas preguntas. Y nunca recibía respuestas satisfactorias. Nunca.

—Oooh, mirad a ésta, chicas —dijo Ruby dando un mordisco a un pastelillo de pacana, mientras una chica con un top brillante de color lavanda y pantalones a juego se dirigía con andares decididos al escenario de *La Hora de los Talentos de Haverty*. La chica saludó con la cabeza a Frank Shepherd, el presentador, y luego se volvió hacia el micrófono.

—Me llamo Melody Gates y esta noche voy a cantar *I Will Always Love You* —dijo con mucha soltura.

—Me imagino que los padres ya sabían que iba para cantante cuando le pusieron el nombre —dijo Wanda con una sonrisa al regresar con una bandeja cargada de tazas humeantes de café.

—¡Shhh, mamá! Quiero oírla —dijo Holly frunciendo el ceño.

La voz de la chica sonaba clara y potente y cantaba con una seguridad que debía de haberle costado años conseguir. Pero al llegar a los tonos más agudos de la canción, Holly se percató de que la voz no le llegaba.

Sin darse cuenta, Holly empezó a seguir con los labios la letra de la canción. Casi siempre se sabía las letras. De ahí pasó a canturrear. Luego empezó a cantar en voz alta siguiendo el crescendo de la música. Y acabó cantando a pleno pulmón.

Al llegar a la última nota, su clara voz de soprano había superado por una octava a la de

Melody Gates. La música elevaba a Holly y la transportaba a un lugar adonde sólo ella podía llegar..., un lugar adonde sólo la música era capaz de llevarla. Desconectar del resto del mundo era muy fácil cuando la cabeza se le llenaba de música.

Al término de la canción Juanita, Ruby y la madre de Holly estallaron en aplausos.

Holly se puso colorada como un tomate.

—¡Teníais que haberme avisado cuando me puse a cantar, tías! —dijo muerta de vergüenza. Ya sabía ella que podía cantar (le encantaba hacerlo), pero no le gustaba nada presumir.

Pero las otras no le hicieron ni caso.

—Con esa voz no te gana ni uno de esos estirados de Haverty, eso lo saben hasta las piedras —dijo Juanita.

Ruby asintió entusiasmada.

—Holly, cariño, tienes que meterte en esa escuela. Les ibas a dejar boquiabiertos con esa voz tan dulce que tienes.

—¡Y tanto! En cuanto te escucharan, cambiarían el nombre del programa por el de *La Hora de Holly Lovell* —añadió Juanita estrechando la mano de Holly con tal convicción que ella estuvo a punto de creérselo.

Holly se miraba la punta de los pies, incómoda como siempre que elogiaban sus canciones. No sabía por qué le pasaba, era tan frecuente que ya debería haberse acostumbrado. Tenía voz de soprano y podía alcanzar los agudos sin problemas. Pero también improvisaba los graves cuando cantaba con chicos en el coro de la iglesia. La señorita Fogaty, la maestra de música del colegio de Primaria de Biscay, le había dicho a Wanda en una ocasión que Holly abarcaba cuatro octavas.

Fue cuando Holly tenía once años.

Había pasado mucho tiempo. Ahora Holly tenía catorce. Y era lo bastante inteligente como para no hacerse ilusiones. Comprendía perfectamente que ella, Holly Faye Lovell, hija de una costurera viuda de un pueblo perdido de Mississippi, el estado de las magnolias, no podría saludar jamás a Frank Shepherd en el escenario de *La Hora de los Talentos de Haverty*.

Podía cantar en el coro de la iglesia. Para su madre y sus amigas. Y en la intimidad de su habitación, donde podía cerrar los ojos e imaginar que dejaba volar su voz.

La imagen del televisor volvió otra vez a perderse y hacerse borrosa.

—¡Toma! Esto es lo más cerca que voy a estar de Haverty —bromeó Holly al tiempo que daba otro caderazo al aparato—. Pero no pasa nada —dijo para quitarse de la cabeza la tristeza que le invadía, igual que la música, al pensar en Haverty—. De todas maneras no encajaría con esa panda de repelentes, ¿verdad? —y sonrió a su madre.

—Ya sabes que cuanto antes empieces, más lejos llegarás —dijo Wanda con la taza humeante de café entre las manos.

Holly se quedó con los ojos a cuadros. Su madre siempre le soltaba frases sentenciosas para

motivarla. Wanda no dejaba de repetir a Holly
que podía hacer lo que se propusiera.

—Será mejor que vaya a la cocina a haceros
más cafelito —dijo mientras empezaban a es-
cucharse los primeros compases de un grupo
de chicas que cantaban a cappella. En el instituto había un departamento de música donde
podía educar su talento natural. Se dijo para sus
adentros que eso sería magnífico. Y luego se puso
a calcular la cantidad de café que debía echar,
preguntándose a quién intentaba convencer.

18 de junio

Querido diario:

*No hago más que repetirle a Ruby que voy a en-
gordar un montón con todas las cosas ricas que
trae. Pero ella sigue como si tal cosa.*

*Esta noche he sentido que un escalofrío me
recorría todo el cuerpo cuando escuché a Holly cantar. Ella desea desesperadamente hacer algo en la*

vida y marcharse de Biscay. Yo quiero ayudarla. Pero ¿qué puedo hacer? Daría cualquier cosa para que ella pudiera hacer realidad sus sueños, cualquier cosa. A lo mejor Dios me da la respuesta. ¡Últimamente debe de haber notado que no le pido otra cosa!

No quiero decir que no esté contenta con mi vida. Tener a Holly me ha alegrado la vida más de lo que nunca hubiera imaginado. Supongo que lo que me pasa es que, después de una vida entera de trabajo y honradez, a una le gusta pensar que hay un premio, una luz al final del túnel.

Pero no me quejo. Mi vida ha estado llena de momentos hermosos.

Tengo que irme. La boda de la hija de Marge Maslow es dentro de un mes y todavía me quedan por hacer todos los arreglos del traje de novia. Las madres nunca dejan de trabajar.

La cita de hoy procede de una fotocopia pequeña que tenía Juanita. Alguien se la bajó de Internet (no tengo ni idea de cómo funciona).

«Ayer es el pasado. Mañana es el futuro. Hoy es un regalo, ¡el presente! No deberíamos desperdiciarlo.»

capítulo dos

—Qué bueno está —dijo Annabel Parker con ansia, abanicándose con una hoja informativa de la subasta anual de hornos de todo el condado de Biscay, mientras bajaba con Holly por la acera agrietada en dirección al taller de reparación de coches Norwood's. El verano no había hecho más que empezar, pero era un día de mucho calor—. Bueno, ya sé que Tyler te pertenece y todo eso, y tú sabes que hacéis una pareja perfecta, pero ¡madre mía! ¡Debería estar prohibido llevar así los vaqueros!

Holly se rió de su amiga y entornó los ojos bajo el sol de la tarde de junio para mirar cómo el propietario de los vaqueros en cuestión, Tyler Norwood, su chico, se inclinaba muy afanoso sobre el capó abierto de un Camaro granate, con una gran llave inglesa en la mano. Tyler y ella llevaban saliendo juntos tanto tiempo que había dejado de fijarse en las cosas como hacía Annabel.

Le llamó la atención la camiseta roja oscura de Tyler (y los hombros anchos y fuertes que había debajo).

Tal vez no había dejado de fijarse del todo.

Se levantó la larga melena rubia para que la cálida brisa veraniega le acariciara la piel. Todos decían que lo mejor en ella era el pelo brillante y del color de la mantequilla derretida. Todos cuantos no la habían oído cantar, se entiende.

—¿Cómo van las cosas entre Billy y tú? —preguntó con curiosidad.

Annabel suspiró sin dejar de juguetear con los tirantes de su top de confección casera.

—Como siempre. Nada de nada. Te lo juro, ¿qué tengo que hacer, poner un rótulo luminoso como los del Dairy Barn de Pearl Creek que diga «¡Atención, Billy Franklin! ¡Yo, Annabel Josephine Parker, estoy a tu disposición!»?

—A lo mejor funcionaba —dijo Holly riéndose de la ocurrencia.

Annabel dio un palmetazo en el brazo a Holly con la hoja informativa.

—Oye, que porque hayas echado el lazo al tío más bueno de todo Biscay, Mississippi (de todo Mississippi, diría yo) no tienes por qué reírte del resto de nosotras por ser unas pobres desgraciadas sin pareja.

«Conque Tyler es el tío más bueno de todo Biscay», pensó con orgullo Holly mientras el corazón se le desbocaba a medida que se acercaban a donde estaba él. El sudor hacía brillar los brazos flacos de Tyler y le humedecía el espeso pelo ne-

gro sobre la frente. Tenía la piel tersa y bronceada, con músculos desarrollados a base de duro
trabajo, no de una máquina Soloflex en un gimnasio de lujo como los que salían por televisión.

Tyler no andaba con los camorristas de Biscay. Nunca había robado un tapacubos; nunca se
había ahogado al tragar el humo de un cigarrillo
fingiendo que estaba bien. Después de todo lo
que su madre le había contado sobre en qué con-
sistía la personalidad, Holly había llegado a la
conclusión de que Tyler cumplía con todos los
requisitos. Su belleza, no dejaba de recalcarlo su
madre, estaba en su interior.

«Tampoco tiene tan mala pinta», pensó Holly
poniéndose colorada. Tyler era el primer chico
con quien salía. Le había salido de maravilla.

Como había acabado el curso, Tyler iba prácticamente todos los días a ayudar a su padre a
reparar coches. Se le daba bien limpiar carbura-
dores, instalar silenciadores y reparar motores. Era
cosa sabida que en cuanto el coche empezaba a

hacer ruidos extraños, el remedio era una visita al taller de Norwood's.

Por no decir que Norwood's era el único remedio, ya que el taller de reparación más próximo quedaba a más de cuarenta kilómetros.

—Hola —dijo Holly al entrar en el patio del taller, donde sintieron de golpe un olor a gasolina y aceite. Por la radio se oía la melodía de un viejo blues—. ¿Necesitas ayuda?

—Quiero que este coche vuelva a andar, no tener que devolverlo a la tienda —se rió Tyler al inclinarse para besarla en la mejilla. Luego sonrió a Annabel—. Hola, Bel.

—Hola, Tyler —en la cara de Annabel se vio el tic nervioso que le provocaba siempre la proximidad de un chico. Luego se despidió de Holly con un gesto—. He de darme prisa. Debo cuidar de Charlize mientras mi madre hace un turno extra en el Piggly Wiggly —Annabel puso cara de desagrado—. Está atravesando la fase de dar portazos.

—Llámame —dijo Holly mientras Annabel salía a toda prisa. Tomó asiento en un viejo taburete de madera del interior del taller—. ¿Alguna novedad?

Tyler negó con la cabeza.

—Qué va. Joe lleva trabajando con ese Cadillac antiguo desde el martes pasado —dijo con una sonrisa, señalando con la cabeza en dirección al mecánico pelirrojo.

—¡Te he oído! —dijo Joe haciéndoles señas con un trapo grasiento.

«Tyler Norwood tiene que ser por fuerza uno de los tíos más buenos de todo el planeta», se dijo Holly al verle trabajar. La verdad es que ya había llegado a esa conclusión mil veces, sólo que la confirmaba cada vez que le miraba a la cara.

La vida no había sido nada fácil para Tyler, como tampoco lo era para casi nadie en Biscay. Su madre había muerto por una sobredosis de drogas cuando él tenía nueve años. Se quedó solo con su padre. La tarea de sacar adelante a

Tyler cayó como un fardo sobre los hombros de Phil Norwood.

El padre de Tyler no era un mal tipo y nadie podía decir que no se había esforzado al máximo, pero no era una madre. Tyler no había tomado muchas galletas caseras de chocolate ni le habían dado besos en las rodillas cuando se hacía daño. Ahora el chico se iba haciendo mayor y estaba aprendiendo a echar una mano a su padre en el taller. Holly tenía la impresión de que el amor a los coches debía de correr por las venas de padre e hijo. Tyler los veneraba casi tanto como su padre.

Para Tyler, trabajar con coches era tan esencial como respirar lo es para todo el mundo. Lo necesitaba para sobrevivir, eso decía. Y debía de ser verdad, a juzgar por la cara que ponía cuando lograba que un Mustang ronroneara igual que un cachorro y lo sacaba a escondidas para dar una rápida vuelta a la manzana.

—Voy a tomarme un descanso, Joe —dijo Tyler volviendo la cabeza mientras se limpiaba las manos de grasa en los vaqueros viejos que llevaba. Holly y él se dirigieron al frondoso olmo que había detrás del taller.

—¿Qué hacíais Bel y tú? —preguntó Tyler entrelazando los dedos con los de ella—. ¿Armar un escándalo por las calles de Biscay?

Holly se echó a reír, encantada de sentir la mano de Tyler en la suya.

—Ya sabes lo terribles que somos. Bel apretó la cara como un pez contra la luna de la lavandería y a la vieja señora Lawrence casi le dio un infarto y se echó lejía por el vestido al verla.

Tyler meneó la cabeza.

—Ya podéis andar con cuidado si no queréis salir en los periódicos.

Se inclinó y posó sus labios en los de ella. Holly sintió en la cara su aliento y al separarse vio una sonrisa en su cara.

—Me gusta besarte —dijo Tyler acariciándole la mejilla.

Holly se apoyó en él algo azorada, mientras sus palabras y su beso volvían a pasar por su mente igual que una película. Había contado los días que faltaban hasta el final de curso, con la vista puesta en los meses de verano, la época en la que Tyler y ella podían salir con sus amigos. Y jugar a los aros o al plato volador en la pradera, tomar algodón dulce en la feria del condado y pasarse las horas hablando de cualquier cosa a orillas del río, los dos solos, cuando él no tenía que ir a trabajar con su padre.

Holly siempre había creído que tener novio sería algo trascendental.

—No me interpretes mal —le dijo a Annabel, que era muy puntillosa con las palabras—. Es guay. Pero para nada es la respuesta a todos tus problemas. Yo sigo teniendo granos, ayudando en casa y todo ese rollo.

De todas maneras, entre Tyler y ella las cosas no funcionaban igual que en otras parejas que ella conocía. Ellos nunca se habían peleado ni armado escenas, ni habían roto a gritos para volver entre lágrimas.

—Eso está bien para el instituto —atajaba Tyler meneando la cabeza a la menor posibilidad de drama.

—Nosotros vamos al instituto —le recordaba Holly entre risas.

Tyler le llevaba un año. A la madre de Holly eso no le había hecho mucha gracia. Pero, en cuanto le conoció, no puso pegas. Le quería casi tanto como Holly. A Tyler le pasaba lo mismo con Wanda. Se pasaba horas sentado con ella, hablando del instituto y los amigos y los programas de televisión como si fuera de su edad y no la madre de Holly. La chica llegó a pensar alguna vez que, en el fondo, Tyler deseaba que Wanda fuese su madre.

Eso no planteaba el menor problema. Holly estaba dispuesta a compartir, sobre todo con Tyler. Su madre conectaba maravillosamente bien con otras personas y tenía un optimismo contagioso.

Al acordarse de lo que le había ocurrido a la madre de Tyler, a Holly se le venía a los labios una oración en acción de gracias a Dios por la suya.

Y por Tyler. Holly no sabía muy bien qué era el amor, pero estaba segura de que le gustaba mucho.

Pero que mucho. Ambos se conocían el uno al otro y eso era lo más importante.

Y lo que hacía que en ocasiones le doliera en lo más hondo ser su chica. Porque él la conocía demasiado bien. Y si algo se le metía en la cabeza, insistía hasta el final.

—Oye, en vez de pasarte el tiempo alquilando películas y corriendo tras la hermana pequeña de Bel, deberías aprovechar bien este verano —dijo Tyler muy serio.

—¿Ah, sí? No me digas —al apoyarse en el olmo, Holly notó en la espalda la corteza rugosa. No le había gustado ese comentario—. ¿Van a contratarme en el taller Norwood's? Soy única arreglando tubos de escape.

Tyler le tocó la cara con sus dedos callosos.

41

—Hablo en serio, Holly Faye. Debes aprovechar tu talento. Cantas mejor que nadie.

—Creo que exageras —bromeó Holly—. Tú qué sabes cómo cantan los demás.

Él dejó escapar un gruñido.

—Venga, Hol. En Biscay todo el mundo sabe la magnífica voz que tienes, pero fuera de aquí no, porque tú no haces nada para que lo sepan.

A Holly le sorprendió la emoción que traslucían sus palabras.

—¿Qué quieres que haga? ¿Ponerme a cantar en la esquina de la calle por unas monedas? —le soltó bruscamente.

—Solicitar el ingreso en Haverty.

Le molestó su forma de decirlo, como si fuera la cosa más natural del mundo. ¿Es que no se daba cuenta de que no tenía ningún sentido?

—¿Te ha metido mi madre esa idea? —preguntó irritada.

—A mí no me preguntes —dijo él levantando las manos.

un sueño hecho realidad

Ella resopló.

—Pasáis los dos tanto tiempo hablando que ya empezáis a decir las mismas cosas. Miedo me da.

Tyler metió los pulgares por las trabillas de los vaqueros cortos de Holly.

—Soñar por soñar no lleva a ningún sitio, Holly. Hay que perseguir los sueños. Yo me preocupo por ti, ya lo sabes. Quiero lo mejor para ti.

—Ya lo sé. Gracias.

No era ningún secreto para Holly que Tyler quería ver mundo. Viajar a sitios lejanos como África y China. Ir de safari. Visitar la Gran Muralla. Subir a la Torre Eiffel. Comer pizza en Roma. Correr a toda velocidad por una autopista en Alemania. Esto último no le gustaba mucho a ella.

—¿Y cómo quieres que vaya a un sitio así? —le había preguntado ella en broma, acurrucándose en sus brazos una noche de la recién terminada primavera, mientras estaban sentados en el columpio del porche de su casa, ambos con el estómago lleno de pollo con patatas fritas hecho por su madre—. ¿Tienes un árbol secreto en tu jardín que da dinero en vez de musgo? Déjame soñar contigo. Dame un billete de primera clase a Viena, Austria.

Austria era el escenario de *Sonrisas y lágrimas,* su película favorita. Se sabía todas las canciones de memoria. Y soñaba que ella era María y bailaba el vals en los Alpes y cantaba igual que un pájaro.

Ella pensó que Tyler hacía castillos en el aire y fantaseaba cosas imposibles igual que hacía ella con la música. Los sueños no eran más que sueños. Pero entonces él la tomó por los hombros y la miró de un modo tan penetrante que Holly sintió un escalofrío.

—Hablo en serio, Holly —le dijo con un brillo en la mirada de sus ojos verdes esmeralda—. Ahora ayudo a mi padre y aprendo a hacerme cargo del taller. Pero un día voy a ir a esos sitios. Ya lo verás.

Y aunque Tyler y su padre tenían lo justo para vivir, Holly le creyó. Porque creía en él.

¿Por qué le resultaba tan difícil reconocer que alguien creyera en ella?

—Puedo escribir a Haverty para que te envíen una solicitud... —empezó a decir Tyler, confiando en que esta vez le hiciera caso.

Holly negó con la cabeza tan bruscamente que el pelo le tapó la cara. La solicitud costaba dinero, las clases costaban dinero, la estancia costaba dinero, en Haverty todo costaba dinero.

Claro que ella tenía unos sueños musicales fantásticos y maravillosos.

Pero no estaban a su alcance. Y punto. Los guardó bajo siete llaves en el último rincón de su mente.

—¿Podemos dejar de hablar de Haverty? —dijo apoyando la cabeza en la camiseta de Tyler. Además, aun en el caso de poderlo pagar, ¿iban a admitir a Holly Faye Lovell de Biscay, Mississippi, con un vestido hecho en casa y el pelo cortado en el salón de belleza de Juanita?

Para nada.

—Huelo a grasa por los cuatro costados —se excusó Tyler abrazándola con suavidad.

—Ya lo sé —murmuró ella con la boca pegada a la camiseta, abandonada a aquel olor familiar—. Son mis costados favoritos.

Holly estaba cantando *Working on the Building*, un antiguo espiritual. Tenían nuevo director en el coro de la iglesia y últimamente habían aprendido un montón de canciones maravillosas. A ella le gustaba mezclar himnos tradicionales con espirituales y piezas más modernas.

Su madre y ella solían asistir al primer servicio los domingos. Era un servicio muy moderno, en el sentido de que no estaban anclados en un solo estilo musical. Estaban siempre en continuo cambio.

La iglesia no era grande, pero entre los feligreses había muchos músicos de primera. Un pianista formidable y unas cuantas guitarras y armónicas magníficas, aparte de cantantes maravillosos.

. . . .

Holly se sentía orgullosa de que la eligieran para interpretar solos entre vocalistas tan increíbles.

Los feligreses empezaron a batir palmas al ritmo de la canción y Holly alzó aún más la voz, animada al sentir el acompañamiento del coro, y alargó la última sílaba. Al terminar estaba orgullosa y emocionada. Se alisó la parte de atrás de la túnica del coro y se sentó con los demás. Su mirada se cruzó con la de Tyler. Él le guiñó un ojo.

Después cantó un solo con una voz tan clara como la de un ruiseñor:

Just a closer walk with thee. Grant it, Jesus, is my plea.
Daily walking close to thee. Let it be dear Lord, let it be.
(«Caminar más cerca de ti. Concede, Jesús, mi petición.
Caminar todos los días cerca de ti. Así sea, así sea, Señor.»)

—¡Eres formidable, Holly! —dijo un chico del primer banco.

Holly contuvo la risa al terminar.

Como Juanita y Ruby no tenían familia, solían ir a comer a casa de Wanda los domingos después de acudir a la iglesia. Pero esa vez, inexplicablemente, se estaban retrasando.

—Puede que se hayan pasado por el mercado a comprar fresas —dijo Holly a su madre—. Saben lo que te gustan.

Así era, ambas amigas se habían entretenido... pero no precisamente para comprar fresas.

—¡Pero bueno! —exclamó Wanda al ver una bola pequeña y peluda atravesar dando tumbos la puerta de atrás.

—¡Raff! —una bola de color melocotón miró a Holly y se echó panza arriba agitando las patitas. Detrás aparecieron Juanita y Ruby con una sonrisa tímida.

—¡Has traído de visita a una de las crías de Fifi! —exclamó Holly tomándola para acariciarla con la nariz. ¡Tenía una piel tan suave!

Wanda alzó una ceja.

—¿Sólo de visita, Juanita?

Juanita rehuyó la mirada inquisitiva de Wanda.

—La verdad es que ya no me quedaba más que una cría y como sé que a Holly Faye le ha gustado siempre mi Fifi, pues pensé que a lo mejor...

Holly lanzó una mirada suplicante a su madre.

—¿Podemos, mamá?

Aparte de un cobaya que murió cuando ella tenía siete años, nunca había tenido una mascota. Su madre siempre había dicho lo mismo.

—Dan mucho trabajo —dijo Wanda meneando la cabeza como para convencerse a sí misma—. No necesitamos una perrita. Seguro que hay muchas personas que se harían cargo de ella.

Juanita frunció sus labios pintados.

—Sabía que ibas a decir eso, Wanda Jo. Pero que mi Fifi vaya peinada como una princesa y coma en plato de porcelana no significa que esta cría también —alzó una ceja—. ¿Por qué no ves cómo se comporta hoy aquí? ¡Si pasa la prueba tienes que quedártela!

—Mirad —se rió Holly. La cría había encontrado la cesta de los retales de Wanda. Llevaba un trozo de muselina en la cabeza—. ¿A que es una monada? —dijo mientras ella correteaba para acabar sentada sobre el periódico del domingo.

—No, no —dijo Juanita izándola a toda prisa—. ¡Cuando ven un periódico sólo piensan en una cosa!

—Que es exactamente por lo que no podemos quedárnosla —dijo Wanda tajantemente.

capítulo tres

Podía haber buenos momentos en los días más monótonos de Biscay, Mississippi. Como, por ejemplo, el 24 de julio, día que Holly y Annabel pasaron haciéndose mutuamente la manicura, visitando a Fifi y su cachorro sin destino en el salón de belleza, yendo en bicicleta por las colinas más altas de este lado de Natchez y almorzando con Tyler y Joe en el taller (sandwiches de fiambre, patatas fritas, limonada fresca y peras).

—Ya estoy en casa, mamá —gritó esa tarde Holly como de costumbre. Era un juego común entre ellas dos. La vivienda no era mucho mayor que una caja de zapatos, de modo que era difícil no sentir entrar a Holly.

La voz de su madre solía llegarle desde el cuarto de costura por encima del zumbido de la máquina de coser o los suaves silbidos de la plancha de vapor. Pero esa vez la casa estaba en silencio. Una extraña sensación se apoderó de Holly. Pero se la quitó de encima.

—¿Crees que tu madre podría meterme el vestido que compré en Vivi's? —preguntó Annabel tras cerrar la puerta de atrás, refiriéndose a la única tienda de Biscay cuya ropa de mujer no parecía de los años cincuenta—. Creí que podría ponérmelo...

Holly se dio un susto. Wanda estaba sentada a la mesa de la cocina, ante un vaso vacío de té helado, con el teléfono inalámbrico en la mano. El aire acondicionado estaba puesto a tope. Estaba pálida.

—Estás en casa —gritó Wanda tirando la silla al levantarse de un salto, mientras el teléfono caía ruidosamente sobre el suelo de linóleo—. ¡Ah, Holly Faye!

—¿Pasa algo malo? —preguntó Holly con la boca seca. Miró preocupada a Annabel—. ¿Están bien Juanita y Ruby? —la cabeza le daba vueltas—. ¿Y el tío Jake? Andaba con dolores en el pecho...

Cuando su madre se echó a reír ya no entendió nada.

—Juanita y Ruby están bien y el tío Jake sigue con sus dolores en el pecho porque come demasiadas costillas de cerdo y chucrú que le hace la tía Sal.

Holly ya no supo a qué atenerse cuando la risa de su madre se tornó en llanto. Aunque parecían lágrimas de alegría, para mayor desconcierto. Las típicas lágrimas de alegría.

—Pues cuéntame —le apremió Holly asustada—. ¿Qué...?

—¡Te han llamado! A ti, cariño. Lo sabía. ¡Sabía que algún día ocurriría! Los sueños se hacen realidad.

—¿Quiénes? ¿Los del anuncio del trabajo de cuidar niños a los que llamé? —preguntó Holly confusa. Aún no tenía edad para trabajar, pero ella había confiado en que...

—No, Holly —dijo su madre tomándola delicadamente por los hombros.

—Entonces...

Los ojos almendrados de Wanda brillaban llenos de emoción.

—El director de la Escuela de Haverty me ha llamado antes. Les gustaría hacerte una audición para una plaza en el próximo curso.

Annabel tragó saliva.

Holly lanzó un grito ahogado y reprimió las lágrimas que ya le asomaban a los ojos.

—Pero yo... yo..., ¿a mí?, ¿a mí?, ¿cómo...?

—Sí, a ti —su madre le echó los brazos al cuello y la abrazó y sacó el poco aliento que le quedaba—. Tienes una audición dentro de cuatro días. En Haverty.

—Eres el ser más tramposo y vil en el que he puesto los ojos en toda mi vida.

—Pues pon los labios.

Holly se echó a reír y dio a Tyler un manotazo en el brazo; se le vertió el té helado sobre la alfombra y Juanita salió disparada a la cocina a por una esponja.

La pequeña casa de las Lovell estaba atestada de amigos y vecinos que habían venido a felicitar a Holly. Las buenas noticias vuelan en Biscay, sobre todo las buenas noticias como las que habían recibido las Lovell.

«¡Tengo una audición en Haverty!», se decía Holly pellizcándose para asegurarse de que era verdad.

—Deja de pellizcarte —dijo Annabel apareciendo a su lado—. ¡Adelante, muchacha! —luego añadió en voz baja—: Ha venido Billy Franklin. Voy. A. Morir. Me. Ahora —respiró hondo, se arregló el pelo y desapareció.

—Me parece mentira que me grabaras una cinta mientras cantaba y la enviaras a Haverty —dijo Holly mirando fijamente a Tyler para que se sintiera culpable. Pero no sirvió de nada porque él le devolvió una sonrisa.

—Alguien tenía que hacerlo —dijo él acariciándole la barbilla—. Estaba seguro de que les encantaría. Esos tipos estirados de Haverty se habrán quedado turulatos al oírte cantar *Working on the Building.*

Después de mucho insistir, Tyler había reconocido que grabó a Holly aquel día que había cantado en la iglesia con tanta inspiración. Se las había ingeniado para grabarla cuando ella creía estar sola mientras cantaba una canción de un musical de Broadway, algo de los 40 Principales y una canción de Barbra Streisand que le gustaba a Wanda.

El estrépito de la fiesta dio paso a las palmadas de Wanda al televisor y la potente voz de Frank Shepherd:

—En directo, desde la Escuela Haverty de Música y Artes Escénicas en Hattiesburg, Mississippi, *La Hora de los Talentos de Haverty,* un recital de una hora con los mejores músicos de la mejor escuela de música del Sur. Y ahora... ¡que comience el espectáculo!

Holly sintió un escalofrío mientras se hacía el silencio entre los presentes. Puede que fuera ésta la última semana que Juanita, Ruby, su madre y ella se sentaban tan contentas a admirar a los intérpretes. Tenía al alcance de la mano ser uno de ellos.

24 de julio

Querido diario:
¡¡¡MI NIÑA VA A IR A HAVERTY!!!
Tranquilízate, Wanda. Todavía no la han admitido. Pero la audición es una simple formalidad.

¿Acaso puede haber la menor duda de que se van a quedar pasmados en el momento en que mi niña abra la boca?

Cuando me da por pensar en lo increíble de esta situación, me da miedo. Un miedo frío y húmedo que me cala hasta los huesos y me hace tiritar. Holly Faye no ha salido nunca de Biscay. Haverty queda a un par de horas por carretera, pero es otro mundo. Me pregunto si, cuando se encuentre entre tanta gente elegante y adinerada, Holly va a querer volver a vivir aquí con su pobre madre.

Tranquila, Wanda. Mi niña tiene la cabeza sobre los hombros. Ha vivido mucho con personas adultas y, a veces, es más adulta que yo.

¿Qué pasaría si alguien de allí le cuenta la verdad? No quiero ni pensarlo. Ya sé que debo decírselo yo, pero al cabo de tantos años y después de lo que hemos pasado juntas, la destruiría.

Hablando claro. ¿Quiero decir que nos destruiría a las dos?

un sueño hecho realidad

· ·

Me temo que la cita de esta noche no es muy allá, diario. Pero no se me ocurre nada mejor.

«¿Cómo vas a retenerles en la granja después de que han visto Paree?» O Haverty.

Una cosa más, diario. Voy a dar una sorpresa a Juanita y Holly (¡y a mí misma!) y voy a quedarme con esa cría de caniche. Esta casa va estar muy callada cuando Holly se vaya. Creo que la llamaré Princesa.

capítulo cuatro

—No me digas que ese coche es para nosotras —Holly dejó caer las cortinas con dedos temblorosos—. ¿Ese coche negro de lujo es para nosotras? —empezaba a sentir en las manos un sudor frío, le pasaba siempre que se ponía nerviosa.

Wanda, con Princesa a su lado, se asomó.

—Dijeron que, al avisar con tan poco tiempo, enviarían un coche. Es lunes y son las siete de la mañana, así que, debe de ser ése.

un sueño hecho realidad

· ·

Al no tener más que cuatro días para pre-
pararse, Holly había recorrido todo Biscay como
el Diablo de Tasmania. Había dado vueltas y más
vueltas por todas las tiendas en busca de ropa. En
La Hora de los Talentos de Haverty los estudiantes
llevaban de todo, desde trajes de lentejuelas hasta
faldas escocesas, pero su madre y ella habían
acordado que no era conveniente tomarse tales
libertades para una audición, aparte de que ella
no tenía nada así en casa. Decidió ponerse un
bonito vestido estampado que su madre le había
hecho a primeros de junio y unas sandalias blancas. Se recogió el pelo con una coleta y se dio un
poco de colorete y rímel. Unas gotas del White
Shoulders de su madre tampoco iban a hacerle
daño.

Una vez arreglada, Holly se sintió muy mayor.

Y muerta de miedo.

—¿Tienes la cinta? —preguntó nerviosa mientras agarraba el bolso de algodón de color pastel
que su madre le había hecho y el suéter de algo-

dón que llevaba por si el aire acondicionado era del tipo Alaska. En la escuela le habían dicho que tendría que cantar con acompañamiento de piano. Había escogido una balada popular de la banda sonora de una película y el pianista de la iglesia había tenido la amabilidad de grabarle en una cinta el acompañamiento.

—Está en mi bolso, igual que las otras tres veces que me lo has preguntado —dijo Wanda con calma, alisándose los pantalones beige y quitándose un hilo de la blusa de poliéster a juego, comprada especialmente para la ocasión—. Ahora te vas a quedar aquí —le dijo a Princesa abriéndole la caseta; Princesa se sorprendió pero enseguida se puso a jugar con sus bonitos juguetes—. Estaré de vuelta muy pronto.

Holly sabía que su madre nunca lo reconocería, pero le había tomado mucho cariño al pequeño payaso natural al que llamaban Princesa.

—Quédate aquí, entonces —dijo Holly inclinándose para dar un beso de despedida a Princesa antes de salir. Se sorprendió a sí misma deseando que el conductor fuese guapo.

—Buenos días —dijo haciendo un gesto con la cabeza al abrir la puerta. Holly se sentía un personaje de película en lugar de ella misma al agachar la cabeza y deslizarse por el cuero gris y fresco para hacer sitio a su madre. Se preguntó qué estaría haciendo Tyler en aquel instante. Él quería haber venido a despedirla, pero eso la habría puesto más nerviosa. Ya le contaría todo cuando volviera por la noche.

Alargó los dedos y tocó el fino aro de oro que ceñía la muñeca izquierda. Anoche Tyler había sacado de su mochila una cajita y se la había dado a Holly al despedirse en el porche de la casa de ella.

—Perteneció a mi madre —había balbuceado él al sacar la pulsera y deslizarla por la muñeca temblorosa de ella.

Holly se había quedado muda. Tyler nunca hablaba de su madre, lo mismo que ella tampoco hablaba de su padre. Por eso respiró hondo en lugar de hablar.

—Tyler. Yo... yo..., ¿sabe tu padre que me has dejado esto?

—Sabe que te lo he dado —Tyler le tomó las manos entre las suyas y la abrazó—. Tu madre y tú habéis hecho mucho por mí, Holly. Ya sé que no puedo corresponderos, pero quería darte algo —dijo con una sonrisa tímida y forzada—. Dice mi padre que mi madre se la ponía cuando estaba contenta. Espero que se le haya pegado algo.

Ella hizo girar la pulsera alrededor de la muñeca preguntándose si sería verdad, deseando que la madre de Tyler pudiera seguir estando contenta...

—Esta noche vamos a tener algo que contar —dijo su madre sacándola de sus pensamientos—. Tengo la sensación de que en nuestra casa va a haber otra fiesta.

«Me conformo con traerles buenas noticias», se dijo Holly para sus adentros, cerrando mucho los ojos mientras el conductor se dirigía despacio por la carretera de gravilla llena de baches que daba a la autopista, haciendo un gesto de dolor cada vez que rebotaba una piedra contra la lustrosa carrocería. ¿Le comunicarían enseguida su decisión? ¿O tendría que aguardar unos cuantos días? Probablemente esto último. «A menos que les caiga mal», se dijo con una ligera molestia en el estómago. «En ese caso no me dirán más que "muchas gracias y adiós".»

El sol de la mañana se filtraba entre los árboles y penetraba en el coche mientras circulaban por la autopista. Holly se quedó medio dormida; al despertar vio la señal indicadora de Hattiesburg, que siempre había visto desde lo alto del autobús. En coche, más a ras de tierra, las calles se hacían más anchas y más altos los edificios. Hattiesburg parecía una ciudad.

El Wal-Mart no era un simple Wal-Mart, sino unos grandes almacenes Wal-Mart. Holly sabía que los de Wal-Mart sólo abrían grandes almacenes en poblaciones especiales. «Algo debían de haber

visto», pensó ella, «en la ciudad de Hattiesburg,
Mississippi».

El coche pasó por la zona de tiendas adonde
venía con su madre un par de veces al año a
comprar tela y patrones. Pero ese día todo era distinto. Holly tenía la sensación de que todo el
mundo conocía su secreto y le daba ánimos. ¿Cómo podía alguien ir al trabajo como si fuera un
día cualquiera?

Era el día más importante de su vida.

Respiró hondo al pensar en lo que podría
suceder. Tenía confianza en sus posibilidades como cantante. A fin de cuentas, había escuchado a
los mejores cantantes de la escuela y se veía capaz, sin falsa modestia, de cantar, si no mejor, por
lo menos igual que ellos.

¿Y en cuanto a otras materias?

¿Cómo iba a competir con Haverty su educación del instituto de Biscay? Había tenido algunos profesores buenos. Pero en Haverty estaban los mejores. Venidos de todo el país.

Wanda le agarró de la mano, como si pudiera leerle el pensamiento. «Por lo menos la tendré conmigo», se dijo Holly para tranquilizarse.

Se adentraron en la parte más antigua de la ciudad, reconstruida después de la Guerra Civil, según dijo el conductor.

—Claro que Hattiesburg no sufrió la misma devastación que Atlanta.

—Claro que no —dijo Wanda carraspeando.

Holly se dio cuenta de que su madre estaba casi tan nerviosa como ella.

«ESCUELA HAVERTY DE MÚSICA Y ARTES ESCÉNICAS - 5 KM.» ponía en una señalización al llegar a un cruce. La flecha indicaba a la derecha.

Holly sintió húmedas las axilas. «¿Me he dado desodorante?», se dijo aterrorizada. «Voy a sudar a mares cuando me toque salir.»

Iba tan ilusionada que estaba a punto de marearse. El conductor torció por una carretera de doble dirección, con la mediana amarilla recién pintada y brillante al sol de la mañana. Se veían menos edificios y más árboles en esta parte del trayecto. Haverty quedaba a las afueras de Hattiesburg. Ella lo había visto, señalado con una estrella, en un folleto sobre las atracciones de Hattiesburg que había conseguido hacía tiempo en algún sitio.

—Ya casi hemos llegado —dijo Wanda en voz baja como si el destino fuese un gran secreto.

Holly asintió con la cabeza, mientras el coche giraba por un camino particular para atravesar una puerta de hierro forjado abierta en un muro de piedra gris.

Delante de una hilera de cedros pequeños se veía un pequeño cartel de acero negro con letras cromadas donde ponía «ESCUELA HAVERTY DE MÚSICA Y ARTES ESCÉNICAS».

—Las magnolias las trajeron de Georgia como retoños hace muchos años —dijo el conductor mientras atravesaban una carretera bordeada por árboles gigantescos.

—Qué bien deben de oler en primavera —dijo Wanda muy animada.

El conductor sonrió por el espejo retrovisor.

—Como la chica va a ser alumna de Haverty, podrá olerlas ella misma.

—Eso espero —dijo Holly con una sonrisa de gratitud.

Después de los árboles, a ambos lados del camino, había un césped tan tupido que parecía una alfombra suavemente ondulada. La hierba llegaba hasta donde alcanzaba la vista. No se veían malas hierbas en Haverty.

—Parece que cuidan el césped brizna por brizna de hierba —murmuró Wanda asombrada.

Frente a ellas, al final de una suave pendiente, había un gran edificio blanco. Se recortaba de pronto contra el cielo en lo alto del camino. En el majestuoso pórtico se veían unas esbeltas columnas blancas brillantes a la luz del sol, que parecían surgir de setos de amapolas y geranios. Al vestíbulo se pasaba por unas puertas de más de tres metros de altura, que parecían pequeñas a causa del segundo pórtico, que era mucho más alto. Parecía una plantación de antes de la Guerra Civil. Holly pensó que en toda su vida había visto nada tan bonito como la Escuela Haverty de Música y Artes Escénicas.

Al salir del coche Holly se sintió igual que Rose al ver el Titanic por vez primera. Aquel hermoso edificio (y lo que representaba) se le ofrecía entero para ella, con tal de que fuese capaz de conquistarlo.

—Pasen por ahí —les dijo el conductor señalando las puertas—. Las están esperando.

—¿Va usted a llevarnos de vuelta a casa? —preguntó Wanda con su típica preocupación maternal.

—Me avisarán al móvil cuando terminen —asintió él con la cabeza.

—Ah, el móvil —repitió Wanda como si los teléfonos móviles y los coches fueran algo cotidiano para ellas.

No se veía mucha gente. Algún que otro jardinero y una mujer joven con un violín por el césped.

Holly dio la mano a su madre y echaron a andar. Las sandalias de Holly sonaban mucho al subir por las escaleras y atravesar el porche de madera reluciente. Al abrir la puerta chirrió de tal modo que ella creyó que aparecería de pronto una patrulla de antidisturbios para echarlas de allí.

Pero no había ninguna patrulla de antidisturbios, sino una agradable ráfaga de aire acondicionado.

Holly y Wanda se quedaron algo confusas en una gran rotonda con el techo alto de donde salían pasillos en todas direcciones. En las paredes colgaban retratos de famosos graduados de Haverty.

Había cantantes de ópera, miembros de orquestas sinfónicas, estrellas de la música popular y unas cuantas personas a quienes ellas conocían de los premios Grammy.

El techo estaba pintado al fresco con angelitos sonrientes, nubes y flechas. En el friso había una inscripción muy historiada que decía: «ES BIEN SABIDO QUE LA MÚSICA ES LA LENGUA DE LOS ÁNGELES, THOMAS CARLYLE».

El piso de mármol estaba tan pulido que Holly podía verse la cara al mirar al suelo.

—Debe de costarles horas tener el suelo así —dijo Wanda pasando un dedo por el brazo de una silla de caoba.

—No hagas eso —soltó Holly. ¿Qué pasaría si le sorprendía una cámara de vídeo de seguridad? ¿Saltaría la alarma?

Respiró hondo para tranquilizarse.

—¿Adónde hay que ir?

Sus palabras resonaron en el gran vestíbulo vacío.

Su madre señaló el rótulo del despacho del Dr. McSpadden.

—¿Hay un pelotón marcando el paso o ese ruido lo hacemos nosotras? —bromeó su madre al escuchar el ruido amplificado de sus pasos en aquel espacio inmenso. Holly trató de reír pero sólo se le escapó un grito.

El despacho del Dr. McSpadden constaba de una antesala donde trabajaba su secretaria y el despacho propiamente dicho. Holly y Wanda entraron en la antesala. La secretaria era una mujer rubia con ropa cara; les pidió que se sentaran.

—Voy a avisar de su llegada al Dr. McSpadden —dijo con una sonrisa cortés.

Holly quiso devolverle la sonrisa.

La secretaria entró en el despacho del Dr. McSpadden y Holly y su madre esperaron sentadas veinte minutos.

—¿Por qué nos han hecho venir a las diez si no estaban preparados? —preguntó enfadada a su madre—. ¿No es una grosería? —cosas así podían pasar en el instituto de Biscay, pero no en Haverty, creía ella.

—Seguro que estas personas reciben muchas visitas. Enseguida nos llamarán —dijo la madre encogiéndose de hombros.

El despacho de la secretaria parecía sacado de un programa de televisión. Muebles robustos e imponentes y estanterías de libros desde el techo hasta el suelo. A los libros de la parte superior se llegaba mediante una escalera que se deslizaba por un riel. Holly estaba intrigada pensando en quién tendría tiempo suficiente para leer todo aquello.

A lo mejor las personas como ella, mientras esperaban que las recibieran.

—Pasen a ver al Dr. McSpadden —les dijo la secretaria a regresar, indicándoles que pasaran al otro despacho.

El presidente de Haverty estaba de pie tras una mesa de madera de cerezo. Por las paredes adornadas con cuadros se veían diplomas enmarcados y desde las ventanas de cristales emplomados se veía el césped ondulante. Inexplicablemente, Holly creyó que de un momento a otro aparecería Frank Shepherd, el presentador de *La Hora de los Talentos de Haverty*. El Dr. McSpadden era mucho más pequeño de lo que ella esperaba. Era calvo, llevaba traje gris y pajarita.

Que fuera pequeño no quería decir que no pudiera intimidar (como Napoleón), aunque Holly supo que tenía buen corazón por sus cálidos ojos azules.

—¡Bienvenidas a Haverty! Hola, Holly, señora Lovell. ¿Qué tal el viaje? —les preguntó el Dr. McSpadden mientras les estrechaba la mano.

—Bien, gracias —dijo Holly balanceándose sobre los pies. «Una pregunta menos y otras mil pendientes.»

—El viaje en coche ha sido precioso —dijo Wanda—. Nos ha gustado mucho.

Holly Faye creyó por un instante que el Dr. Mc Spadden se había fijado en la marca de nacimiento de su madre. Pero se comportaba como si no hubiera el menor problema.

—¿Qué sabes de Haverty, Holly? —preguntó indicándoles que se sentaran al tiempo que lo hacía él.

—Que me gustaría venir aquí —dijo Holly sinceramente. Su madre soltó una risa nerviosa.

Menos mal que el Dr. McSpadden sonrió.

—Lo comprendo. Tenemos más de un centenar de intérpretes, compositores, directores de orquesta, investigadores y profesores de primera categoría en la facultad de Haverty —se apoyó en la mesa—. Uno de nuestros profesores fue Premio Pulitzer y vienen a dar conferencias ganadores de los premios Grammy. Las salas están llenas de retratos de autores publicados, artistas que han grabado discos, ganadores del premio ASCAP y músicos famosos que han actuado en las principales salas de conciertos de todo el mundo.

Holly se quedó impresionada y respiró hondo. Ya sabía que Haverty era una escuela formidable, pero no había imaginado que cupiera tanto talento en un solo sitio.

Eso le hizo sentirse mal.

—Voy a serte sincero, Holly. Es muy tarde para admitir alumnos en Haverty. Los alumnos de Secundaria suelen empezar en primero y el plazo de admisión se cierra en abril.

—Y estamos en julio —soltó ella nerviosa.

—Así es —sonrió el presidente—. Pero han surgido inesperadamente algunos huecos en segundo, porque un estudiante se ha trasladado y otra ha decidido que Haverty no es para ella. Por eso al recibir tu cinta nos quedamos tan impresionados que te convocamos a una entrevista aunque estemos en verano y fuera de plazo según nuestro calendario habitual —se volvió a Wanda—. Si desea una taza de café o té, Mary Anne puede traérsela. Yo he de acompañar a Holly a ver al comité de becas y no se permite la entrada a los padres.

Antes de que Holly pudiera decirle que le resultaba imposible hacer aquello sin su madre, Wanda asintió con la cabeza como si ya se lo esperara.

—Tomaré un té, gracias —sacó del bolso la cinta y se la dio a Holly—. Buena suerte, cariño —le dijo en voz baja.

Holly hizo de tripas corazón y siguió al Dr. McSpadden a un despacho contiguo. Había tres hombres y dos mujeres a un lado de una mesa larga, todos con pluma y papel y una tarjeta con su nombre. Todos hicieron una breve sonrisa de cortesía al ver a Holly.

Ella se la devolvió.

El Dr. McSpadden se sentó en la presidencia de la mesa y presentó al comité. Eran todos profesores de voz, drama, percusión... Holly se quedó algo aturdida ante tantos títulos. Se sentó enfrente de ellos y dio comienzo la entrevista.

Holly no había contestado a tantas preguntas en su vida. Y no todas eran sobre la música o el instituto, como ella se esperaba. El comité quería conocer su vida en Biscay. Su familia. Sus amigos.

—¿Quiénes han influido más en ti? —preguntó el señor Felton, el más joven del comité.

—Mi madre —dijo Holly sin pestañear.

Todos sonrieron.

—Me refiero a musicalmente —explicó amablemente el señor Felton.

Holly se puso colorada. «Pues sí que...»

—Me encantan Whitney Houston, Celine Dion y Mariah Carey —dijo—, pero no sé cuánto me han influido. Yo me limito a abrir la boca y cantar lo que me sale del corazón.

—¿Puedes decirnos por qué nunca has aprendido a tocar un instrumento? —le preguntó el señor Gonzalez, con una mirada de simpatía en sus ojos castaños.

—No podíamos pagar las clases.

Era un poco violento tener que decirlo, pero era la verdad. Los miembros del comité no parecían ver nada malo en sus respuestas..., pero tampoco nada del otro mundo.

—¿Alguna vez has pensado en ser profesora de música? —preguntó levantando una ceja la señora Barnes. Tenía acento británico.

—No —se apresuró a decir la intérprete que había dentro de Holly—. No es que no me guste —rectificó—, pero es que tengo catorce años y eso me queda muy lejano —tal vez si no se abría camino como cantante se dedicara a enseñar.

Cuando terminó la entrevista tenía la cabeza hecha un lío.

—Haremos una breve pausa para descansar y luego tendrá lugar la parte escrita del proceso de admisión —le dijo el señor Felton.

Holly comió un poco de melón y tomó agua con gas. «¿Qué estará haciendo mamá ahora?», se dijo mirando al despacho. No se esperaba que fuesen a estar allí tanto tiempo.

Al poco rato terminó el descanso y pusieron ante Holly un grueso cuaderno de examen. El Dr. McSpadden le comunicó que disponía de dos horas para contestar los tests y redactar el tema.

La dejaron sola en la mesa. Podía oír el ruido del lápiz sobre el cuaderno de examen. Y su propia respiración. Agitada.

Se quedó en blanco mirando el cuaderno de examen antes de reunir el valor necesario para abrirlo. «Ahora o nunca», se dijo con energía.

Los tests eran más fáciles de lo esperado. Matemáticas, inglés e historia de EE UU. Los te-

mas de redacción eran más difíciles. Muchos con-
sistían en comparar sucesos actuales con hechos
históricos. Las tormentas de polvo de los años
treinta..., Vietnam..., la Guerra del Golfo...

Examinó las preguntas. Luego miró al reloj de
pared. Se oyó tragar saliva. Quedaban menos
de treinta y cinco minutos y todavía le quedaba
la mitad del cuaderno de examen.

Empezó a escribir a toda velocidad. Se dio
cuenta de que parecían garabatos. «No tengo
tiempo de borrar», se dijo al empezar a frotar con
el extremo del lápiz aunque luego se lo pensó
mejor. Se dejaría llevar por el instinto, igual que
cuando cantaba por primera vez una canción
nueva.

Tenía la mano agarrotada y estaba muy cansada cuando entró el Dr. McSpadden para decirle
que se había acabado el tiempo y recoger el
cuaderno de examen. Le dieron permiso para ir
al cuarto de baño y luego le pidieron que volviera
a presentarse ante el comité.

El señor Felton destapó un piano que había al fondo de la sala e hizo un gesto con la cabeza a una chica de pelo castaño con aparato en la boca, que sonrió a Holly.

—Sarah te hará el acompañamiento.

—No entiendo bien —dijo Holly incómoda y aún sin recuperarse del todo del examen escrito. Sacó la cinta del bolso—. Yo he traído mi propia música. Creía que era lo que había que hacer. Me dijeron que debía cantar con acompañamiento de piano.

—Así es. Pero en vivo. No con una cinta. La música la elegimos nosotros.

Holly se sintió igual que cuando montaba en la noria en la feria. Mareada y a punto de..., en fin, de marearse. Nunca había cantado una canción que no conociera con una pianista también desconocida.

Había cantado acompañada del piano y el órgano en la iglesia, pero en casa siempre utilizaba una cinta. Sintió un frío glacial cuando le pusieron a Sarah una partitura en el atril.

Le dijeron que la pianista tocaría unas cuantas piezas y ella debería cantar leyendo la música por un micrófono conectado a una grabadora. Después volverían a poner la grabación para que las cantase de nuevo.

—Queremos comparar entre dos versiones de tu propia voz —explicó el señor Gonzalez.

La pianista tocó una introducción de una canción de Rodgers y Hamerstein que Holly no había oído jamás.

Volvió a tocar la introducción otra vez.

Y otra vez más.

Holly no podía despegar los labios. Era imposible cantar con aquellos extraños mirándola fijamente mientras Sarah tocaba el piano.

«He de ir a por todas», se dijo mientras Sarah empezaba de nuevo. No podía defraudarse a sí misma.

No podía defraudar a su madre.

Esa vez cantó la canción con la que esperaba haber hecho un tempo y una cadencia perfectos.

Luego vino una canción de Paul Simon y otras de compositores del siglo xx. Las cantó como si las conociera de toda la vida.

Luego se volvieron a pasar las cintas y los miembros del comité se inclinaron hacia delante en las sillas para ver si Holly era capaz de repetirlo.

Cantó todas las canciones con el mismo fraseo y sostuvo cada nota el mismo tiempo. Nadie le había enseñado a hacerlo. Hizo un verso en tono tenor por encima de la melodía y el siguiente en tono alto por debajo.

Su armonía era respetuosa con la voz de la cantante de la cinta, que era ella misma, por supuesto. Sabía que lo que estaba haciendo se llamaba remezcla en los estudios de grabación o eso había leído ella. No se ahogó ni una sola vez. Al contrario, logró mejorar lo que acababa de grabar.

Normalmente la gente aplaudía cuando Holly cantaba. Ese día no hubo aplausos. Ni siquiera un

«¡Bravo, muchacha!». La grabadora se paraba, se rebobinaba y se ponía otra vez en funcionamiento. Durante tres cuartos de hora Holly cantó, se interrumpió, escuchó y volvió a cantar.

El Dr. McSpadden se levantó en medio de una de las canciones.

—Con esto terminan las pruebas de admisión en la Escuela Haverty de Música y Artes Escénicas —dijo—. El comité te comunicará si has sido admitida o no en el plazo de cinco días hábiles.

—Gracias —dijo ella buscando el bolso para meter en él su cinta inútil. «Se acabó lo que se daba», pensó mientras salía deprisa de la sala y se alejaba de las sonrisas comprensivas de los miembros del comité. Sarah había tenido que tocar la introducción de Rodgers y Hamerstein mil veces antes de que Holly fuera capaz de cantar la canción. Le había salido una voz apagada y débil, no la voz potente y confiada que sonaba alta y libre en su habitación de Biscay. Y por si fuera poco, en la última canción la habían interrumpido.

No les hacía falta oír nada más. Por lo mala que era.

«Eso por no hablar del examen escrito», le soltó la voz de la conciencia. «Menudo desastre también.» ¡Cómo iba a saber contestar bien ella a la pregunta sobre la Crisis de los Misiles en Cuba!

Los ojos se le llenaron de lágrimas al salir de la sala y ya no le importó que las sandalias hicieran ruido a cada paso que daba por el parqué encerado. Con la ilusión que ella traía. Si le dieran otra oportunidad. Pero ya era demasiado tarde.

Y cuando vio a su madre hojeando una revista de cocina en el despacho del Dr. McSpadden, no pudo contener las lágrimas de decepción que humedecieron sus mejillas.

capítulo cinco

Holly ni se molestó en ver si había cartas el martes. El miércoles procuró pasar el día oyendo CD's con Annabel. El jueves fue con Tyler y otros compañeros de clase a jugar a los bolos. El viernes ni siquiera miró el buzón. Fue a hacer la compra de la semana con Wanda y le ayudó a fregar el suelo de la cocina hasta dejarlo tan reluciente como el de Haverty.

Haverty. Holly creía que ya no iba a ser capaz de volver a ver *La Hora de los Talentos de Haverty*.

Había estado a punto, a punto de ser uno de ellos. Pero lo había echado a perder.

De todas maneras, estaba algo sorprendida al no haber recibido la respuesta en esos días.

—¿Estás segura de que les entendiste bien? —insistía Wanda.

—Sí, mamá. Dijo que me enteraría de lo que fuera en cinco días hábiles —suspiró Holly, sin poderse quitar de la cabeza su equivocación en relación con el acompañamiento de piano.

«La respuesta no merece ni el franqueo de la carta», se dijo mirándose en el espejo de su habitación.

—Pásame la pana rosa, ¿quieres? —le dijo Connie Phels desde su puesto en el grupo de costura—. Creo que quedaría ideal en la cenefa.

Holly le pasó la tela. Una vez al mes su madre celebraba en casa un ropero. Un grupo de unas diez mujeres se reunían para trabajar juntas en la misma colcha. Llevaban varios meses trabajando (estaba prácticamente terminada) en una colcha con un jarrón. Girasoles, margaritas y tulipanes en calicós de tonos vivos y macizos de hilos teñidos en tonos suaves.

Juanita suspiró.

—Algún día aprenderé a coser. Sí, señora —insistió entre las risas de las demás mujeres, mientras masticaba unas pacanas.

—Qué pena que no haya podido venir Ginny —dijo Wanda alisando unos pétalos de guinga—. Ya casi hemos terminado esto y me gustaría que lo viera ella.

—Esa Ginny Anderson es más aburrida que un muermo, Wanda Jo, ¡y tú lo sabes! —cotorreó Ruby.

Holly también quería aprender, aunque en ese momento no le apetecía mucho. Llevaba más de dos semanas sin noticias de Haverty. Ni siquiera habían tenido la decencia de escribir y decirle que no la habían admitido, cosa que resultaba de lo más molesta después de que el Dr. McSpadden dijera que le harían saber su respuesta en uno u otro sentido.

Su madre, Tyler y Annabel habían intentado animarla. Holly valoraba sus esfuerzos, pero le resultaba difícil sonreír cuando sus sueños se habían hecho añicos. Esa tarde hubiera preferido encerrarse en su cuarto a oír discos de Patsy Cline, pero Wanda le había pedido que se uniera al ropero y ella había accedido finalmente.

Un golpe seco en la puerta principal les hizo pegar un bote a todas.

—¡Vaya! Ni que Ginny te hubiera oído —dijo Ruby con una aguja entre los dientes.

—Ya voy yo —dijo Holly extrañada de que la amiga de su madre viniera por la puerta principal. Nadie la utilizaba... salvo el servicio de reparto del Federal Express.

—¿Vive aquí la señorita Holly Faye Lovell? —preguntó el hombre del uniforme. Llevaba una caja blanca en las manos.

— ¡Soy yo! —dijo Holly al tiempo que se acercaba su madre.

—Eche una firma aquí —dijo el hombre mostrándole la pantalla de un ordenador portátil y un lápiz óptico.

El cálido aire estival envolvió a Holly mientras escribía su nombre.

—Siento el retraso —se excusó el hombre echando una rápida ojeada a las miradas de curiosidad.

—¿Retraso? —dijo Wanda frunciendo el ceño.

Él asintió con la cabeza.

—Durante la fuerte tormenta de la semana pasada no se veía bien y confundí esta dirección, 45 Kendall Crescent, con 45 Kendall Court. Dejé el paquete en otra casa y ellos lo han devuelto —alargó el paquete a Holly—. Siento el retraso, señorita.

Se moría de curiosidad al volver al centro del círculo con aquella caja tan ligera.

Todas dejaron de tejer. Todas las mujeres callaron, algunas por primera vez en su vida.

—Viene de Haverty —dijo Holly casi sin poder articular palabra. Luego se quedó silenciosa mirando el remite.

—Pues claro —dijo Juanita hecha un manojo de nervios—. ¿Vas a abrirla o qué?

—Hazlo tú —Holly le dio la caja—. Yo no me atrevo —tenía las manos frías de sudor y por un momento temió que iba a caer redonda.

—De acuerdo, señorita Holly —Juanita rasgó la cinta adhesiva con sus largas uñas rojas y abrió la caja—. ¿Qué hay aquí?

Se oyó un grito ahogado cuando ella sacó... un suéter amarillo pálido con un lazo a la espalda.

El suéter que Holly había llevado a la audición.

Holly sentía desplomarse los músculos de la cara como gotas de agua por el cristal de una ventana.

—Te... te devuelven el suéter —dijo Wanda en un hilo de voz al dejarse caer en la silla.

Holly parpadeó varias veces.

—Debí haberlo olvidado en la entrevista.

Nadie dijo una palabra.

—Un detalle por su parte enviártelo mediante un servicio de reparto urgente —dijo Olive, una mujer rechoncha y rolliza con gafas, que siempre se pinchaba el dedo al coser.

Juanita la fulminó con la mirada.

Luego Wanda lanzó un grito ahogado.

—¡Eh, eh, esperad un poco! ¡Hay algo más en la caja! —dijo agachándose para sacar un sobre blanco.

Holly, impresionada, tragó saliva. Otra vez se hizo el silencio en la habitación. Olive se tapó la boca abierta.

Sin saber cómo, Holly se puso al lado de su madre para ayudarla a abrir el sobre. Les temblaban las manos a las dos. Lo primero que leyeron fue «¡Enhorabuena!».

A Holly no le hizo falta seguir leyendo. Wanda lo hizo por ella.

—¡Te han admitido en Haverty para el curso próximo! —dijo abrazando a su hija entre lágrimas—. ¡Te han concedido una beca de escolaridad, libros, alojamiento y manutención!

El grito de alegría que escapó de los labios de Holly fue el único sonido que pudo emitir antes de la nube de abrazos, besos y lágrimas que siguió.

«¡Lo conseguí! ¡Voy a ir a Haverty!», se dijo Holly, como si estuviera en una nube.

—Vamos a tener que rehacer esta colcha —dijo Ruby tomando la aturdida cara de Holly entre las manos—. Ahora no puede tener girasoles, margaritas y tulipanes, cariño.

Holly se sentía invadida de alegría.

—¿Por qué?

—¡Porque todo son rosas para nosotras y para nuestra chica!

capítulo seis

El tiempo no había transcurrido nunca tan deprisa en Biscay, Mississippi, como durante las semanas posteriores a que Holly Lovell recibiera la Carta. Porque así la llamaba todo el mundo.

—¿Te has enterado de lo de Holly Faye? Le ha llegado la Carta —cuchicheaban las mujeres en la iglesia tapándose la cara con las hojas informativas.

—La Carta, dale con la Carta, ojalá me llegara a mí la Carta —se quejaban otros adolescentes mientras saltaban por las piedras del riachuelo y escuchaban los últimos CD's.

—La Carta llegó por Federal Express, ¿te imaginas? —decían a quien quisiera oírles los ancianos que tocaban la armónica delante de la farmacia.

Todo el pueblo estaba revolucionado por causa de Holly, especialmente su madre. Tenían hasta el cinco de septiembre, fecha de la recepción de los alumnos nuevos; las clases empezaban al día siguiente.

Wanda llamó por teléfono a sus clientas.

—Me temo que voy a retrasarme un poco con el traje. ¡Tengo que hacer los preparativos para mi hija que se va a Haverty!

Holly estaba sentada en el suelo de su habitación, con toda su ropa extendida a su alrededor. Estaba bien para ir al instituto de Biscay, sentarse a orillas del río o ir a la bolera. ¿Cómo quedaría en Haverty? Seguro que las chicas de allí tenían todo tipo de vestidos de moda, vestidos que ella no podría comprarse ni en sueños.

Luego Holly meneó la cabeza. ¿A santo de qué se preocupaba por la ropa? La habían admitido en una de las escuelas de música más prestigiosas del país porque sabía cantar. No por su larga melena rubia ni su ropa hecha en casa. Si a la gente de allá no le gustaba su aspecto, peor para ellos.

Pero al poco rato ya estaba otra vez dándole vueltas a lo mismo.

«¿Qué ropa voy a llevar?»

Su madre vio el pequeño huracán que se había desencadenado en la habitación de Holly.

—¿Qué has decidido? —preguntó.

Holly levantó unos cuantos vestidos, pantalones y blusas.

—No están muy bien que digamos, mamá —dijo muy seca—. Necesito bastante más ropa. Este año he crecido tres centímetros. De la ropa de otoño no me vale nada —«por no decir que voy a parecer una paleta de pueblo», se dijo nerviosa para sus adentros. Ni siquiera sabía cuál era la moda esa temporada. Aunque eso sí, si la ropa de la tienda de segunda mano estaba de moda, entonces ella iba a la última.

—Puedo hacerte dos faldas oscuras más y seis blusas si coso todos los días —dijo Wanda mirando de arriba abajo una blusa con aire crítico—. A lo mejor no lo tengo todo hecho cuando empieces el curso, pero para noviembre ya lo tendrás todo —sonrió—. ¿Qué te parece si vamos de tiendas a comprar telas nuevas? Con un buen retal de tweed puedo hacerte una falda preciosa.

—Claro, mamá.

Holly se daba cuenta que su madre hacía todo lo que estaba en su mano, pero no podía tirar la casa por la ventana e ir en autobús a Hattiesburg para comprar ropa de marca, Gap, Old Navy, y no Hecho Especialmente Para Ti Por Wanda. Claro que esto no se lo diría jamás. Sería una grave falta de respeto y Holly sentía un profundo respeto por su madre.

—Mamá, vas a tener que trabajar día y noche para hacerme la ropa —dijo Holly sintiéndose culpable.

—Serán sólo unos días —dijo su madre—. En cambio tú llevas toda la vida esperando ir a Haverty. Lo mío no es nada comparado con lo tuyo.

Wanda cosía desde media mañana hasta la hora de comer. Acabó haciendo algunos encargos de las clientas, porque si no se le iba a amontonar el trabajo.

Holly lamentó no tener dinero propio. Pero nadie la había llamado para cuidar niños y, con las pocas semanas que tenía por delante, tampoco era cuestión de ponerse a buscar trabajo. Juanita le dejaba echar una mano en el salón de belleza y con eso ahorraba algún dinero, pero no era gran cosa.

La víspera de marchar a Haverty, Holly y Wanda revisaron el equipaje. Llevaba las faldas nuevas que le había hecho su madre bien dobladas en la maleta junto con las blusas y tres suéters nuevos (uno hecho por Ruby, otro por su madre y el tercero comprado en Vivi's con un 25% de descuento). Los útiles de aseo iban en bolsas de plástico y la ropa de cama y algunas cosas que había elegido para decorar la habitación en una caja de cartón. En Haverty le proporcionarían los libros y el material escolar y, como la beca cubría la manutención, no había que preocuparse de platos ni cubiertos.

—Parece como si fuera a irme —dijo Holly abrazando a su madre.

—Eso parece.

Varias vecinas acudieron antes del amanecer para ayudar a Holly y Wanda a cargar el equipaje en su abollado Chevrolet. Annabel se despidió por teléfono porque decía que, si iba, no pararía de llorar.

—¿Por qué no nos has agenciado un Corvette para ir? —preguntó Holly a Tyler cuando él la abrazó para despedirse. El corazón se le había desbocado y le dio miedo de echarse a llorar antes de montar en el coche.

—Me lo reservo para ir a visitarte —le dijo en voz baja antes de darle un beso en la frente.

Se le hizo un nudo en la garganta. Nunca hubiera imaginado que viniera tanta gente a ayudarlas y a despedirse..., tanta gente que pensara en ella.

Se dio cuenta de pronto de que iba a echarles mucho de menos.

—Oye, que no te vas a Nueva York ni nada de eso —dijo Tyler para que ella sonriese—. Vas a estar a pocas horas de aquí.

—Ya lo sé —dijo Holly sonándose las narices.

Sólo con que hubieran visto Haverty con sus propios ojos, igual que ella, comprenderían que aquello era otro mundo.

Un mundo de suelos relucientes y gente de campanillas sin ese fuerte acento del Sur.

En cierto sentido, era como ir a Nueva York.

Ruby le dio a Holly uno de sus pasteles caseros y desapareció hecha un mar de lágrimas.

Holly dejó el pastel, envuelto en papel de aluminio, en el asiento trasero del coche. Y venga abrazos. Y besos. Y lágrimas. Y otra vez abrazos. Y más lágrimas.

—Adiós a todas —dijo asomándose por la ventanilla mientras su madre enfilaba hacia la autopista—. Os voy a echar mucho de menos.

Sus amigas aún seguían diciendo adiós con la mano o corriendo detrás del coche después de que Holly se volviera hacia delante para mirar la autopista que se abría ante ellas.

Abandonaron la autopista y Holly estiró el cuello en busca de la señalización de Haverty. Eran las ocho y media pasadas. ¿Podría llegar allí antes de que aparecieran los demás alumnos?

El coche se caló.

No. Se habían quedado tiradas.

Wanda giró la llave de contacto y el motor de arranque funcionó con dificultad un par de veces hasta que por fin el motor se puso en marcha otra vez.

—¡Menos mal! —se miraron aliviadas Holly y Wanda.

—Ya me veía haciendo autostop —bromeó su madre.

Al llegar al camino particular, Wanda giró. Holly respiró hondo y se preguntó si la escuela tendría el mismo aspecto imponente de la otra vez.

De pronto surgió ante ellas la escuela.

Y los Mercedes, BMW, SUV, Jaguar y Lexus que invadían el camino. Una fila de coches de lujo pegados unos a otros por el parachoques. ¡Hasta había una limusina!

Tuvo que ir a paso de tortuga hasta que Wanda llegó a la rotonda donde se apeaban los alumnos con sus equipajes.

—Ay, ay, ay —dijo Wanda frunciendo el ceño—. Esto no me gusta nada.

—¿Qué pasa ahora, mamá? —gruñó Holly tapándose la cara para que no la vieran.

—Vamos muy despacio —explicó Wanda retorciéndose las manos—. Y está subiendo la temperatura del motor. Espero que no se queme y nos quedemos tiradas.

—Déjate de bromas ahora —dijo Holly apretando los dientes—. Por favor, mamá, no nos podemos quedar tiradas delante de toda esta gente.

El coche avanzaba un par de centímetros y se detenía, mientras todos los padres que iban por delante de Wanda iban despidiendo a sus respectivos hijos.

Al cabo de quince tensos e interminables minutos llegaron a las puertas grandes. El motor del coche humeaba cuando Wanda se detuvo.

Holly sacó sus cosas del asiento trasero más rápido que un mozo de cuerda en busca de propina en un aeropuerto lleno de gente. A su alrededor todo el mundo tenía lujosas maletas con ruedas y asas extensibles. Y bolsas de lona de vivos colores y embalajes de plástico con ordenadores y equipos de música.

Holly llevaba una vieja maleta llena de parches y tres cajas de cartón donde se leía «SALSA DE TOMATE - 22 LATAS POR CAJA». Con las prisas, al sacar una de las cajas del coche dio un golpe al pastel y se le cayó a la acera.

—¡El pastel de Ruby! —dijo Wanda con voz triste.

—Déjalo —ordenó Holly, en quien el cariño por Ruby empezaba a ceder ante el deseo de evitar a toda costa la vergüenza de ponerse a limpiar manchas de chocolate delante de sus posibles compañeros de clase.

De pronto el motor del coche dejó de sonar. El coche se detuvo y empezó a salir humo por el capó.

—¡Éramos pocos y...! —gritó Wanda con una voz que sonó a caricatura de la gente del Sur—. ¿Y qué hago yo ahora?

—¡Aparta ese cacharro! —le gritaron los de los coches de atrás.

—Voy a levantar el capó —dijo Wanda abriendo rápidamente la puerta. Dos tipos que había en la acera se echaron a reír cuando ella empezó a toser.

—¡Mamá! —dijo Holly entre dientes deseando que se la tragara la tierra—. ¿Es que quieres ponerme en ridículo?

—¿Me permite? —dijo un muchacho con pantalones caqui y una camiseta de Haverty señalando a las cajas de Holly.

—Sí, gracias —dijo Holly haciendo acopio de la poca dignidad que le quedaba. El chico agarró las cajas y las depositó en un carrito.

Holly tiró de la maleta para llevarla. Una chica con pantalones de cuero y una camiseta blanca muy ceñida pasó con un maletín de piel y un bolso a juego, tan pequeño que no le cabría más que un lápiz de labios. Enarcó sus rubias cejas al reparar en Holly.

Holly no quería hacer su entrada de esta manera.

—Déjeme a mí, señorita —dijo el muchacho quitándole la maleta de las manos—. Debería haber venido antes. Déjeme, es mi trabajo.

Ella se mordió los labios mientras él se ocupaba de su equipaje. Sintió cada segundo que pasaban ella y el coche echando humo expuestos a la vista del público.

Y a sus burlas.

Wanda abanicó el motor y el calor hizo que su marca de nacimiento se oscureciera y resaltara más de lo habitual.

Holly miró avergonzada a su alrededor. ¿Se creerían todos que podían reírse de su madre y de ella?

«Calma», se dijo para sus adentros. Cuantos más aspavientos hiciera, mayor sería el espectáculo.

Wanda dio una patada con el pie en el suelo.

—Tal vez algún padre pueda...

Holly cerró los ojos sin prestar atención a las palabras de su madre. Lo único que quería era dar a Wanda un beso de despedida para que se marchara de allí. El pastel, el coche, el humo y la marca de nacimiento le parecieron de pronto demasiadas cosas a la vez. Una pesadilla de la que Holly sólo podría despertar enviando a Wanda de vuelta a Biscay.

—¿No había una estación de servicio según veníamos? —dijo haciéndose la inocente, metiéndose el pelo detrás de las orejas.

Su madre la miró de reojo.

—No estoy segura, Holly Faye. Y no estoy segura de llegar hasta allí...

—Seguro que sí —dijo Holly desesperada—. Además, siempre te queda la posibilidad de llamar al padre de Tyler para que venga hasta aquí y te lo arregle en el acto.

—Pero ¿no quieres que entre contigo y te ayude a instalarte?

—No hace falta —Holly se inclinó para dar a su madre un beso rápido en la mejilla buena—. Me... me voy —dijo haciendo un gesto con la cabeza en dirección a la escuela—. No quiero perderme el acto de presentación, ¿vale? Hasta el Día de Acción de Gracias.

Antes de que Wanda pudiera decir nada, Holly ya se encaminaba hacia la puerta.

—¡Adiós! —dijo su madre en voz baja, sin poder disimular lo dolida que estaba.

Pero Holly ya había entrado en el edificio.

Catorce años de convivencia se desmoronaron en unos pocos segundos de atolondramiento.

«De modo que ésta es mi habitación», se dijo Holly mientras inspeccionaba la sala prácticamente vacía. El muchacho le había llevado hasta su habitación en la tercera planta del edificio de los dormitorios y había dejado su equipaje en la puerta. Había dos camas con colchón, dos cómodas, dos mesas, dos mesillas y un gran armario ropero con cantidad de perchas. Todo parecía nuevo.

Holly oyó el golpeteo de las perchas de plástico al chocar unas contra otras cuando las tocó.

Se alegró de que no hubiera llegado la que iba a ser su compañera de habitación. Así podría marcar primero ella su territorio.

El aire acondicionado no estaba encendido y fue a dar el interruptor. Se hallaba bajo la gran ventana y se quedó mirando la escena que se veía abajo. Aún seguía el lento desfile de coches pegados unos a otros por el parachoques, con padres e hijos bajando equipajes. Vio a una chica de pantalones cortos blancos cruzar el patio a todo correr para ir a abrazar a otra.

—A ver si yo hago amigas así aquí —dijo en voz baja.

Se preguntó si su madre seguiría allí, sin atreverse a mirar.

Y allí estaba Wanda, sin saber qué hacer, junto al coche, donde un hombre rubio y repeinado con una chaqueta azul, seguramente más cara que la casa de las Lovell, trataba de arreglar el motor. Se veía claramente que reparar coches no era su trabajo habitual.

En esto que Wanda alzó la vista y miró hacia donde estaba su hija. El sol le daba en plena cara. Holly nunca le había visto la marca de nacimiento tan intensa. Se reconocía perfectamente a una distancia de tres pisos.

«¿Por qué no la disimulaba con algún maquillaje?», se dijo Holly abatida. No es que no se sintiera orgullosa de su madre, no era eso. Su madre era lo que más quería.

Era la dichosa marca de nacimiento. Fuera de Biscay era... la cosa más molesta que se pueda imaginar.

Holly levantó la mano y le hizo un saludo, sin saber si su madre la vería al darle el sol de cara. Luego, antes de que Wanda pudiera gritarle o hacer cualquier otra cosa que la pusiera a ella en evidencia, se dio media vuelta y se puso a deshacer el equipaje procurando sacudirse el intenso dolor que empezaba a sentir en el corazón.

Holly jamás había pensado que pudiera llegar a odiarse tanto como en ese momento.

5 de septiembre

*Hoy ha sido el peor día de mis más de cua-
renta años de vida. Había hecho mentalmente una
lista de las cosas que quería decir a Holly Faye en
nuestros últimos momentos juntas... antes de que
ella empezara una nueva etapa de su vida. Ya sé,
ya sé que todo el mundo dice que sólo nos sepa-
ran unos doscientos cincuenta kilómetros. Pero a
mí me da lo mismo que sean doscientos cincuenta
o cincuenta mil.*

*Ésta es la primera noche que Holly Faye no
duerme en esta casa desde que la traje aquí.*

*Debería habérselo dicho hoy, diario. No sé lo que
me ha pasado. Lo tenía en la punta de la lengua y
luego se me ha ido el santo al cielo. Holly llevaba la
radio puesta y no me pareció ni el momento ni el lugar oportuno para decir algo tan importante.*

*En Haverty lo he pasado fatal. El coche recalen-
tado, igual que Holly y yo. Ya sé que nuestra situa-*

ción le estaba dando apuro, pero nunca la había oído hablarme en ese tono. Por primera vez en la vida... creo que se ha avergonzado de mí. Se ha despedido con un beso fugaz en la mejilla ¡y eso que no nos vamos a ver hasta el Día de Acción de Gracias! Es por mi marca de nacimiento. Serán figuraciones mías, pero yo creo que hoy estaba especialmente intensa. Holly Faye también se ha dado cuenta.

No la culpo.

De regreso a casa, he tenido que detenerme un par de veces en el arcén porque las lágrimas me impedían conducir. Luego he hecho de tripas corazón, me he sonado las narices y he entrado a tomar un café. No te lo vas a creer, pero cuando he visto que le echaban leche (yo siempre tomo el café solo) me he echado a llorar igual que un bebé. La chica del mostrador se deshacía en disculpas mientras me ponía otra taza.

Yo creía que iba a ser el día más feliz de mi vida. Pero me he sentido más sola que nunca. Como si perdiera a mi hija.

Puede que la haya perdido.

La cita de esta noche corresponde al capítulo tres del Eclesiastés: «Todo tiene su momento, y cada cosa su tiempo bajo el cielo... Su tiempo el rasgar, y su tiempo el coser; su tiempo el callar, y su tiempo el hablar».

Dios mío, ayúdame a encontrar el tiempo adecuado para lo que he de hacer.

capítulo siete

—Ya está —dijo Holly al colgar la última falda y darle un enérgico estirón en la percha. Se sacudió las manos en los pantalones cortos y examinó su obra. No le había costado ni diez minutos ordenar toda la ropa. Apenas ocupaba la cuarta parte del armario y los calcetines y la ropa interior cabían en uno de los cuatro cajones de la cómoda. A continuación sacó sábanas y mantas para hacer la cama. Inexplicablemente, le tembló el labio al ver los dibujos de flores de su ropa de cama habitual.

Se disponía a dejar el embozo perfectamente alineado cuando se abrió de golpe la puerta de la habitación. Una chica alta con melena castaña hasta los hombros, chispeantes ojos azules y labios pintados de rosa brillante, intentaba introducir una maleta en la habitación mientras con la otra mano se apartaba el pelo de la cara. Llevaba un top tres cuartos a rayas y los pantalones cortos más cortos que Holly había visto nunca. Las sandalias de piel dejaban ver las uñas de los pies perfectamente pintadas de rosa, a juego con las de las manos.

Holly se miró el vestido estampado, las sandalias corrientes y torció el gesto. Había dado por sentado que estaría bien llevar la misma ropa que se había puesto para la audición. Y ahora se sentía como una versión veraniega de Laura Ingals Wilder sin gorro.

—Hola —dijo la chica llamativa, haciéndole un gesto amistoso con la mano, mientras un mu-

chacho metía un carrito cargado de maletas—.
Me llamo Lydia.

—Holly.

—Pero no me llames Lydia. Mis amigos me
llaman Ditz, o sea, «cabeza hueca», porque eso
dicen que soy —dejó caer el bolso de mano de
color metálico sobre la cama vacía—. Espero
que seamos amigas, quiero decir que, ya que vamos a ser compañeras de habitación y demás,
estaría bien que fuésemos amigas —se rió—.
Siempre hablo por hablar. ¿Ves por qué todo el
mundo me llama Ditz?

Holly se tranquilizó algo. La nueva compañera
de habitación no parecía ninguna rica engreída.

—¿Has llegado hace mucho? —preguntó Ditz,
sin esperar respuesta de Holly—. No te lo vas a
creer —dijo dejándose caer pesadamente en la
otra cama—. Imagínate, mis padres y yo en la fila
con todos esos coches y va una tonta del bote y
se le avería el coche justo delante de nosotros. Mi
padre se puso hecho una fiera. Por poco llama a

una grúa por el móvil —Ditz se rió—. La verdad es que se ve cada cosa... ¿De dónde eres?

—Esto, de Biscay —acertó a decir Holly pálida.

—¿Biscay? ¿Está en Alabama? —preguntó Ditz arrugando la nariz.

—No —dijo Holly—, queda a un par de horas de aquí.

—La geografía no es mi fuerte —dijo Ditz—. Yo soy de Nashville y...

—¡Lydia! Te estábamos buscando —una mujer alta con un traje pantalón beige entró en la habitación—. No entiendo por qué te han bajado a esta planta. La vista era mucho mejor desde la sexta. Tendré que hablar con el Dr. McSpadden.

—Madre —gruñó Lydia—. Holly, te presento a mi madre, Valerie Hale.

La señora Hale se daba muchos aires a los malos de las películas, y llevaba una sortija con un diamante del tamaño de una cereza. Holly deseó que se la tragara la tierra.

—¿De dónde eres, Holly? —preguntó cortésmente la señora Hale.

—Es de Mississippi, mamá —terció Ditz haciendo un gesto con la mano.

La señora Hale miró de reojo la estropeada maleta de Holly.

—¿Y qué te trae por Haverty...?

—Mi voz, señora —respondió Holly, aliviada porque su madre ya se hubiera ido hacía rato. Menos mal que la señora Hale no mostraba especial interés por entablar conversación. La mujer miró el reloj.

—Tu padre va a llegar tarde al golf sino nos despedimos ahora, cariño —le dijo a Ditz.

Holly miró cómo besaba la señora Hale el pelo brillante de Ditz con sus labios pintados de color malva. Estaremos fuera de casa hasta la semana que viene. Llama a Magdalena si necesitas algo.

—De acuerdo, madre —asintió Ditz.

La señora Hale hizo un gesto con la mano y se fue.

—¡Por fin! —dijo Ditz poniendo los ojos en blanco—. Me muero de ganas de bajar a ver si ha llegado James.

—¿Quién es? —preguntó cortésmente Holly.

—Un tío estupendo de la sección de música clásica —dijo Ditz—. Toca el violín. Salí con él al final del curso pasado y ya ha venido a verme a Outer Banks dos veces este verano.

—¿Pueden ir las chicas a las plantas donde están los chicos? —preguntó Holly sorprendida. Ditz se quedó algo extrañada.

—Pues claro —dijo riéndose—, siempre que el chico al que visites deje la puerta abierta y no pasen de las diez —le guiñó el ojo—. No te preocupes, ya te enseñaré dónde esconderte para que no nos encuentre Janet, la celadora de la planta.

Mientras Ditz fue a buscar a James, Holly empezó a desembalar el resto de las cajas. Se asomó al pasillo porque no sabía dónde tirar los embalajes de cartón. Al ver a uno de los mozos, le preguntó si podía llevárselos.

—Claro, ahora mismo —dijo él al recogerlos.

Holly se preguntó si sería la primera alumna de Haverty en tirar cajas vacías de cartón. Prefirió no averiguarlo.

Cuando volvió Ditz a la habitación, Holly ya había puesto la manta y la colcha en la cama y sobre la cómoda una foto enmarcada de su madre, Tyler y ella en una fiesta de la iglesia.

—Todavía no ha venido James —dijo Ditz de mal humor—. Oye, cuando mi madre habló con el Dr. McSpadden, son viejos amigos, dijo que eras nueva aquí y que eras la becaria más joven de la historia de Haverty. ¡Enhorabuena! —entrecerró los ojos—. ¿Cuántos años tienes?

—Catorce. Cumplo quince en diciembre.

—Yo tengo quince... y hazme caso, ¡soy lo bastante mayor para saber cómo saltarme todas las normas de por aquí!

El tono desenvuelto de Ditz levantó los ánimos de Holly. Tal vez fuera una «cabeza hueca», ¿y qué? A ella le caía bien. Holly dio por seguro que los

destellos de la pulsera de Ditz eran diamantes. Su
brillo resaltaba sobre la piel bronceada.

—¿Quién es? —preguntó Ditz señalando a la foto.

—Mi madre y mi chico, Tyler —Holly había
elegido una foto donde no se viera la marca de
nacimiento de Wanda.

—¡Qué bueno está! ¿Es músico?

Holly se echó a reír.

—Sólo hace música con un trapo grasiento y
una llave inglesa. Arregla coches —añadió al advertir la expresión de extrañeza de Ditz.

—Suena sexy.

—Me lo imagino —Holly se puso colorada.
Tyler y ella no habían pasado de besarse y pasear
agarrados de de la mano. Eso ya era bastante sexy
para ella—. ¿Te ayudo a deshacer el equipaje?
—preguntó Holly servicial.

—De acuerdo —dijo Ditz—, odio deshacer el
equipaje —señaló un neceser Samsonite azul—.
Ése nunca lo vacío. Llevo el maquillaje, la espuma
para el pelo y las cremas. Así lo tengo listo en to-

· ·

do momento —se pasó los dedos por el pelo—.
Mejor hacerlo ahora, así puedo quedar con James
esta noche si viene. No he visto el Corvette que se
compró este verano. Mi padre me ha prometido
un coche para cuando cumpla dieciséis años.

¿Ditz con coche propio? Holly estaba segura
de que sería bueno.

—¡Qué guay quedar con un chico teniendo
coche! Poder ir a donde quieras sin depender de
los mayores.

Ditz abrió el cierre de la primera maleta enorme, que había dejado encima de la cama sin hacer, antes de que Holly pudiera echarle una mano. Miró a las cosas de Holly.

—¿Dónde está el resto de tu equipaje? —preguntó Ditz—. ¿No te habrá tocado Walter de mozo? Es muy lento. Seguro que no llega antes de las
vacaciones de Navidad. Voy a ver si le veo...

—Éstas son mis cosas.

—Ya lo sé —dijo Ditz—. Voy a meterle prisa a
Walter para que te traiga el resto.

—Es que esto es todo lo que he traído —Holly notó cómo ella misma se ponía colorada.

—¿Ah sí? —dijo Ditz con una mirada de sorpresa en sus ojos azules—. ¿Se ha marchado tu limusina con el equipaje o qué?

—No —dijo Holly—. Me ha traído mi madre. No tenemos mucho dinero. Me enteré hace pocas semanas de que me admitían en Haverty y mi madre ha tenido que coser día y noche para hacerme la ropa que traigo. Es costurera profesional.

Menos mal. Ya le había soltado quién era. Se sentía orgullosa de su madre, la «costurera profesional». Y no entendió por qué se ponía triste al mencionarla.

Iba a responder Ditz cuando llamaron a la puerta y la habitación se llenó de risas de chicas.

—¡Amber! —dijo Ditz abrazando a una pelirroja delgada—. ¡Finley! —gritó mandando un beso a una chica pequeña con el pelo negro como un tizón. Holly las miraba abrazarse, besarse y gritar. Al cabo de un rato, Ditz recompuso la figura.

—Ésta es Holly —dijo—. Mi compañera de habitación.

En Haverty no se podía elegir compañera de habitación, se seleccionaban por ordenador. Holly estaba segura de que, si no, Ditz habría elegido a Amber, Finley, Charlotte o cualquier otra de aquellas chicas tan bonitas, escuálidas y dicharacheras que acababan de invadir su habitación.

—Hola —dijeron las chicas con voz afectada. Luego le dieron la espalda y estuvieron de cháchara con Ditz.

Si quedaba alguna duda de que Holly estuviera dando la nota por su ropa, se disipó al instante. Aquellas chicas parecían clones con idénticos pantalones cortos y camisas informales y caras de diseño con el nombre de marca a la vista en los sitios adecuados. Todas iban peinadas de peluquería y parecía que les hubiera tocado un bono para maquillaje gratis en alguna revista.

«Annabel se hubiera caído redonda al verlas», se dijo Holly conteniendo la risa al acordarse de su tímida amiga.

«No hay que darle más vueltas», se dijo Holly aparentando ordenar el cajón de los calcetines. Nunca había sentido celos de las cosas de nadie y no le gustaba la sensación que tenía en ese momento. Amber, Finley y demás se habían gastado un montón para parecer normales. Y ella se había gastado muy poco para estar guapa.

—Oye, Holly —le dijo Ditz—, vamos a ir a la cafetería del campus a tomar los formidables batidos de frutas de Lucille, ¿te vienes con nosotras? El de arándanos está de muerte.

A Holly le gustó que la tuviera en cuenta, pero negó con la cabeza.

—No, gracias.

Tenía pagadas las comidas, pero no estaba segura de cómo iba lo de los extras y se hubiera muerto de vergüenza si le dijeran delante de aquellas chicas que los batidos no estaban incluidos.

— Otra vez será —dijo Finley con voz empalagosa sin apartar la vista de la ropa de Holly.

Holly la odió en ese momento.

Las chicas salieron al pasillo y se fueron en tropel, como sucede cuando la gente está contenta o cuando quiere hablar todo el mundo a la vez. Holly fue a cerrar la puerta. Si la gente dejaba la puerta abierta en los dormitorios, ella no estaba dispuesta a hacerlo cuando estuviera sola.

Como sucede a menudo cuando la emoción es fuerte, las chicas no se dieron cuenta de que hablaban muy alto y su voz llegó a oídos de Holly.

—¿De dónde ha salido esa paleta, Ditz? —preguntó una voz. Holly no las conocía aún lo suficiente como para poner rostro a lo que oía.

—¿Te has fijado en la ropa? Si parece un mantel.

—Se la ha hecho su madre, chicas —Holly reconoció la voz de Ditz; ya no tenía el tono tonto de antes—. Su madre es costurera.

—¿Y eso es lo que sabe hacer? —preguntó otra chica.

—Necesita asesoramiento urgente en cuestión de moda.

—Me figuro. ¿Y qué? —dijo Ditz—. Tengo ropa suficiente para las dos. Además, ¿la habéis visto? Me refiero a que tiene un cuerpo muy bonito. Claro que yo tengo los pechos más grandes, pero...

La voz de las chicas se perdió a medida que se iban alejando entre risas.

«¿Qué pinto yo aquí?», se dijo Holly, lanzando una mirada de rabia a la ropa colgada en el armario. La misma que a su madre tanto le había costado coser.

Holly ya había aprendido algo antes de que empezaran las clases. Las alumnas de Haverty tenían mucho dinero.

Puede que hubiese más becarias, pero ella no quería estar en el gueto de las chicas pobres. Además, nadie llevaba un letrero que pusiera «ALUMNA BECARIA». El caso es que muchas, seguramente la mayoría de las alumnas, tenían mucho dinero.

Y ella no.

capítulo ocho

Al cabo de un mes Holly acabó por acostumbrarse a Haverty. Para empezar, era un sitio enorme. Los alumnos que salían en *La Hora de los Talentos de Haverty* eran una pequeñísima parte de los que había allí, aparte de que salir en ese programa era tan difícil que la mayoría de los alumnos no lo conseguía nunca.

Menuda sorpresa se iban a llevar Juanita y Ruby cuando se lo contara al volver a Biscay en noviembre.

Holly formaba parte de la división de músicos jóvenes de Secundaria de Haverty, unos cien en total. En la división universitaria de Haverty había cerca de mil, ochocientos estudiantes de licenciatura y doscientos ya licenciados.

La ratio de estudiantes por facultad era de ocho a uno, con estudiantes prácticamente de todos los estados e incluso algunos extranjeros. Holly se había sentado en la cafetería al lado de una chica francesa y era una de las cosas más emocionantes que le habían pasado en su vida. Al principio los profesores dejaron muy claro el gran prestigio de la escuela. Había alumnos de Haverty en las mejores orquestas norteamericanas y del mundo, como la Orquesta Sinfónica de Londres y la Filarmónica de Nueva Zelanda.

El nombre de la escuela, pudo saber Holly, se debía a William Thorndike Haverty, acaudalado ciudadano de Mississippi y padre de una violoncelista de fama mundial. Holly averiguó qué profesores eran los famosos y cómo manejar las lavadoras de los dormitorios con monedas. Descubrió el camino más corto del teatro a la biblioteca y en qué turno servían las raciones más generosas.

Bien mirado, el comienzo estaba siendo de lo más educativo.

Holly estaba ocupada durante toda la jornada entre clases, deberes y ensayos para actuaciones fuera de la escuela. Por la mañana daba Matemáticas, Inglés y Ciencias Sociales y después de comer, Música. Ditz tocaba el piano y hacía teatro. Holly y ella no coincidían mucho.

Seleccionaron a Holly para el Coro de Voces Jóvenes de Haverty, grupo de estudiantes con distintas edades que interpretaba piezas corales de grandes maestros de los siglos XIX y XX en colaboración con la Orquesta de Haverty. Y le habían convencido de que se apuntara a Canciones para Todos.

Canciones para Todos era un programa social patrocinado por Haverty. Se animaba a participar a todos los integrantes del Departamento de voz y casi todos lo hacían. Se formaban grupos que actuaban en colegios públicos, residencias de personas mayores y hospitales de Hattiesburg. Sitios donde no venía mal un poco de esperanza y ánimo.

A Holly le encantaba. Canciones para Todos también actuaba para grupos que financiaban la escuela. ¡Se rumoreaba que el año próximo irían a actuar a Nueva York! Holly no podía creérselo.

Las actuaciones más próximas a la escuela solían tener lugar los viernes por la noche; los miembros de Canciones para Todos, Holly incluida, iban en autobús. A ella le encantaba estar entre gente para quienes la música significaba tanto como para ella. Las actuaciones de Canciones para Todos eran francamente buenas. Aunque, según ella, lo mejor eran las canciones y sesiones de improvisación que surgían espontáneamente en el autobús. Ésas sí que debería verlas el público.

Holly solía volver a Haverty en la madrugada del sábado, debido a las actuaciones nocturnas.

un sueño hecho realidad

. . . .

Daba igual la hora que fuera porque Ditz nunca estaba en la habitación.

Una vez se suspendió la actuación del viernes por la noche ante la posibilidad de una tormenta de nieve, cosa rara en Mississippi. Se canceló el concierto y Holly se quedó en la habitación.

—Oye, ¿quieres salir conmigo esta noche? —preguntó Ditz—. Matt va a dar una fiesta en el salón de juegos de Woodwinds. Yo estoy que me caigo, pero podemos pasarlo bien.

James y su Corvette eran cosa del pasado. Ditz salía con tantos chicos que Holly había perdido la cuenta.

—¿Seguro que no la han desconvocado? Lleva todo el día lloviendo y dicen que va a nevar.

Cuando nieva en Mississippi no es cosa de tomárselo a broma.

Ditz se asomó a la ventana.

—Vaya, será mejor que llame antes.

—También podemos quedarnos aquí las dos —sugirió Holly. En realidad no habían pasado mucho tiempo juntas en lo que llevaban de curso—. ¿Quieres que saquemos dos tazas de chocolate caliente de la máquina y veamos algo en la televisión?

—Trato hecho, compañera —sonrió Ditz—. Déjame llamar primero a Amber para decirle que me quedo.

Holly tomó una hoja de papel floreado y empezó una carta a su madre. Procuraba escribir a su madre y a Tyler todas las semanas. Las demás chicas enviaban e-mails o llamaban por teléfono, incluso a larga distancia. Holly llamaba por teléfono los domingos por la mañana después del servicio religioso del campus y solía hablar con su madre durante diez minutos más o menos. No podía mandar e-mails porque ni su madre ni Tyler tenían ordenador.

Querida mamá:

He recibido hoy carta tuya. ¿Dirás que no soy rápida? El concierto de esta semana se ha cance-

lado a causa del mal tiempo y por eso estoy contenta. ¡Voy a acabar viendo La Hora de los Talentos de Haverty! *Tiene gracia que yo viva y lo vea aquí.*

Has debido leerme el pensamiento con ese poema sobre el éxito que me enviaste. Me sentía muy cansada y me hizo sentirme mejor. Yo

Ditz estaba apoyada en su hombro.

—¿Qué le cuentas a tu madre todas las semanas? ¡Yo no sabría qué contarle a la mía ni siquiera una vez al mes!

—Lo normal —dijo Holly encogiéndose de hombros—. Lo que hacemos en la escuela. Lo que hago yo. Cosas así.

—Mi madre sólo quiere saber si saco buenas notas o he conseguido un papel en la última obra —Ditz puso el teléfono inalámbrico sobre la mesa—. Creo que mi madre no ha escrito nunca, salvo cartas dictadas a la secretaria. Y pedirle algo a Magdalena es pedir peras al olmo.

A Holly le disgustó que Ditz no pareciera tener una buena relación con su madre. Le parecía extraño. Ditz hablaba de su madre como de una persona siempre ocupada y amenazante, sin apenas tiempo para su propia hija.

Wanda era otra cosa.

Holly se acordaba de vez en cuando de lo mal que se había comportado con su madre aquel día de septiembre. Ya no tenía arreglo y creyó que sacarlo a relucir en una carta después de tanto tiempo sólo serviría para empeorar las cosas.

Decidió que era mejor no mencionarlo.

—Me figuro que no te gusta echar un chorrito de JD en el chocolate caliente —dijo maliciosamente Ditz cuando volvió Holly de la máquina expendedora con las tazas en la mano.

—¿Eh?

—Jack Daniel's —gruñó Ditz—. ¿No te acuerdas de por qué me llaman Ditz?

—Me parece asqueroso —se rió Holly—. No, gracias.

—Está bien —dijo Ditz encogiéndose de hombros—. Entonces yo tampoco lo echaré, porque beber sola es de alcohólicas y gente así —tomó el mando a distancia y encendió el televisor en color de veintisiete pulgadas al tiempo que ambas chicas se tumbaban delante de él en la suave y elegante alfombra—. Mira, mira. Una maratón de películas de Julia Roberts. Me encanta.

Holly se dio cuenta enseguida de que tener una compañera de habitación rica acostumbrada a mobiliario de diseño tenía sus ventajas.

Holly había descubierto que bebía alcohol una noche que Ditz había llegado de madrugada con un pestazo a tabaco y puso perdido el suelo del cuarto de baño al vomitar. No le había gustado nada. Holly no creía que surtiera efecto decir a Ditz que lo dejara, por eso ni lo intentó. Pero le molestaba. Mucho.

Según Holly las personas adultas podían decidir entre beber o no beber. Pero a los quince años, teniendo que rendir a tope en una de las escuelas de artes escénicas más exigentes del país, ponerse ciega todos los fines de semana no era precisamente lo más divertido.

—Oye, una pregunta —dijo Ditz poniéndose de costado—. ¿Puedes prestarme tu blusa de flores? La de las margaritas.

Holly parpadeó.

—¿Quieres ponerte algo mío?

Ditz había insistido en que Holly se pusiera cualquier cosa suya sin tener que pedírsela siquiera. Y no se había limitado a eso, sino que había metido la mitad de su ropa en el armario de su compañera de habitación. Una noche que había regresado pronto de un recital se encontró la ropa y una nota.

«Usa todo lo que te guste verte puesto y quitado», había escrito Ditz. Pero a Holly ni se le había pasado por la cabeza que Ditz quisiera ponerse algo suyo.

Porque no tenía gran cosa.

—Voy a interpretar el papel de Laura Wingfield en *El Zoo de cristal* y es la prenda que mejor le pega a un personaje tan apocado —explicó Ditz sinceramente.

Holly contuvo la carcajada ante aquel insulto involuntario.

—Ah, ya. Claro, cógela tú misma.

—Gracias.

Vieron a Julia Roberts apartarse el pelo y hacer un comentario ingenioso.

—Holly.

Holly miró intrigada a Ditz.

—Oye, soy una borde. Lo que he dicho no ha estado nada bien —dijo mordiéndose el labio—. Ya sé que al principio te sentías mal por llevar ropa hecha en casa. A mí nunca me la han hecho, pero está bien eso de que alguien se ocupe de ti tanto como para sacar tiempo de hacerte la ropa. Es como tener diseñadora propia.

—Me figuro que sí —Holly nunca lo había mirado de esa manera.

—¿Y qué noticias tenemos de Biscay en el parte de hoy? —preguntó Ditz apoyándose sobre los codos—. Cuenta, cuenta, cuenta —a Holly le hacía mucha gracia el enorme interés de Ditz por las historias de Wanda sobre la vida en Biscay.

—Princesa no sale de una cuando ya está metida en otra. Muerde los muebles y la ropa que está para lavar, para desgarrarla —Holly sonrió—. ¡Pero mi madre dice que está encantada con una perrita tan bonita! —Holly se alegraba de que su madre hubiera encontrado compañía—. Ah y Juanita le ha hecho la permanente a Ethlyn Chall y le ha dejado el pelo tan ensortijado como el de Fifi, la caniche de Juanita y madre de Princesa. Ethlyn tiene cincuenta años y es profesora de inglés en el instituto —añadió Holly con una sonrisa, a modo de explicación.

—Me encantaría verlo —dijo Ditz con la cara congestionada por la risa.

—En Biscay todo el mundo se está preparando para la Feria de Artesanía de Vacaciones. Unos hacen pasteles al horno, otros adornos navideños y los granjeros montan a los niños en los animales —Holly sintió una punzada de nostalgia por su pueblo—. Tyler y yo fuimos juntos el año pasado. Es de lo más divertido.

—Me lo imagino —dijo Ditz encandilada por lo que oía—. ¿Y qué más?

Holly tomó la carta y releyó la letra pulcra de su madre.

—Pues no hay mucho más. Está arreglando un montón de ropa de invierno, cuesta más porque el material es más grueso. ¡Ah y ha comprado un maravilloso terciopelo azul nuevo para hacerme un gorro y una chaqueta!

—¡Qué suerte! —dijo Ditz volviendo la mirada triste a la pantalla.

—No sé por qué lo dices, si soy yo la que te tiene a ti de compañera de habitación —dijo Holly riéndose mientras Ditz le atizaba en broma con una almohada.

Holly trató de concentrarse en la película, pero no podía dejar de pensar en Ditz. Tenía tantas facetas su nueva amiga y compañera de habitación.

La de esperar los últimos cotilleos de Biscay como si fuesen de Hollywood.

La de tomar pastillas para dormir porque no podía dormir sin ellas.

La de saber hacer maravillas con el piano si le daba por ahí... y la de tocar el piano más que nada porque tenía un talento natural, pero sin ningún entusiasmo.

Y la más triste de todas, la de llorar. Algunas noches, en medio del silencio de la madrugada, Holly se despertaba al sentir llanto callado de Ditz, amortiguado como cuando se llora con la cara hundida en la almohada.

Por suaves que fueran las plumas de la almohada, era difícil ocultar el llanto a los ojos y los oídos de su compañera de habitación.

Cada uno tiene sus propios problemas. Holly no quería entrometerse. Pero si Ditz quería contárselos, ella la escucharía.

Al cabo del primer mes en Haverty, Holly empezaba a sentirse integrada allí.

En cambio Ditz, al menos tal como Holly empezaba a darse cuenta, buscaba un tipo de integración bien distinto.

Tenía que ver con su propia vida.

capítulo nueve

—Estás empezando a aprender el valor de la moderación —dijo radiante Natalie Edwards mientras retiraba la partitura en el pequeño estudio de actuaciones—. ¿Es que no puedes cometer algún fallo para que yo pueda enseñarte algo? —bromeó poniéndose en jarras.

Holly se puso colorada de orgullo ante el elogio de su profesora de canto. Adoraba a la joven y bonita Natalie, poseedora de una voz tan clara y potente como la de cualquier estrella del pop. Las especialidades de Natalie en Haverty eran Broadway y el pop y le habían encomendado trabajar con Holly en esas áreas de educación vocal, además de las interpretaciones a la primera lectura y la preparación de audiciones.

La formación de una cantante era mucho más complicada de lo que Holly se pensaba.

De vuelta a su habitación se encontró con Ditz, Amber, Matt y un chico bajo y fuerte de pelo castaño a quien ella situaba vagamente en el Departamento de teatro. La compañera de habitación de Holly llevaba unos pantalones negros de ante y un ceñido suéter blanco de angora. «Vamos, que no iba precisamente a la biblioteca», se dijo Holly irónicamente para sus adentros.

—Matt nos va a llevar al centro para ir al cine —dijo Ditz con las mejillas coloradas por el aire cortante de noviembre—. Luego vamos a ir a un local fantástico de blues donde conoce al segurata y podemos entrar todos. Anda, vente con nosotros... —dijo con voz mimosa.

—Imposible. Todavía me quedan por hacer varios ejercicios de voz y un trabajo de Inglés —dijo Holly, contenta de tener excusas porque no le caía nada bien Amber—. ¿No tienes tú que practicar para el examen de piano?

—¡Qué va! —Ditz dio un manotazo al aire como si se tratara de semillas volanderas—. No me hace ninguna falta. Me sale mejor cuando no practico.

—Tú sabrás lo que haces —dijo suavemente Holly mientras Ditz y sus amigos se marchaban.

—Te he echado mucho de menos —dijo Wanda mientras Holly se peinaba su larga melena rubia ante el espejo de la cómoda. Princesa roncaba amodorrada junto al radiador—. Se me ha hecho eterno el tiempo desde que estuviste aquí el Día de Acción de Gracias.

—Yo también te he echado de menos, mamá —menos mal que el Chevrolet de su madre estaba mucho mejor cuando su madre había ido a recogerla esa tarde a la puerta de Haverty—. Me gustaría verte más, pero el coro me lleva mucho tiempo los fines de semana. No es que no me apetezca verte, lo que pasa es que es genial cantar con gente tan buena —dijo con una sonrisa.

—Cuando me siento a ver la televisión por las noches a veces se me escapa preguntarte si sabes la respuesta a una pregunta que hayan hecho y tengo que decirme a mí misma que no estás en casa, sino en Haverty —Wanda meneó la cabeza con una sonrisa—. Igual me pasa cuando estoy cosiendo y me da por pedirte que me traigas el hilo de la caja de la costura y de repente caigo en la cuenta de que estoy sola. Espero que no te sientas sola allí, cariño —suspiró su madre.

Holly negó con la cabeza.

—Para nada, mamá. ¡Es genial! Sólo al principio me sentí un poco desplazada porque todas las chicas tenían una ropa preciosa, pero luego las he ido conociendo y son majas, algunas por lo menos —dijo con una sonrisa.

—¿Te resulta extraño dormir allí? —quiso saber Wanda.

—Si te digo la verdad, lo que me resulta extraño es volver aquí.

Holly recorrió su habitación con la mirada. No tenía televisión en color, ni equipo de música; únicamente un pequeño despertador con radio. Además, con la colcha de la cama y casi toda la ropa del armario en Haverty, la habitación estaba desangelada.

—Ah, me lo figuraba.

Holly dejó el cepillo en el neceser y se dio crema hidratante en la cara.

—¿Desde cuándo usas eso? —preguntó Wanda sorprendida—. Quiero decir que con un poco de vaselina...

—Me la ha dado Ditz. Tengo una bolsa llena. Prueba la que quieras.

Ditz andaba siempre comprando cosméticos caros en los grandes almacenes y se empeñaba en que Holly se quedara con las muestras gratuitas que regalaban cuando la factura pasaba de veinte dólares.

La madre de Holly frunció el ceño.

—Ya sé que me dijiste que a ella le gustaba, Holly Faye, pero no me parece bien que llames Ditz, «cabeza hueca», a tu compañera de habitación. Suena fatal.

—Pero es que quiere que la llamemos así, mamá. Todos la llamamos así.

Wanda se fijó en la maleta abierta de Holly.

—¿Qué es esto? —sacó un suéter de color rosa pálido—. ¡Pero si es cachemira auténtica!

—¿A que es precioso? —sonrió Holly—. Ditz me lo ha dado por adelantado como regalo de cumpleaños. ¡Me muero de ganas de llevarlo a la iglesia mañana por la noche!

Su madre acarició aquel tejido tan suave.

—Desde luego..., con esto se van a creer que eres una aparición, tenlo por seguro.

Holly tapó el tubo de crema hidratante mientras su madre se sentó mirando en silencio.

De pronto Wanda se levantó de un brinco.

—Espera un poco, cariño —salió de la habitación y volvió al poco rato con una cajita con un bonito envoltorio—. Esto... esto es otro regalo de cumpleaños por adelantado.

Holly también había traído regalos para su madre, una caja nueva de material de escritorio y unas cuantas bolsitas sorpresa que había hecho para Navidad.

—¿Quieres que lo abra ya? —preguntó—. ¡Todavía es veintitrés!

Holly cumplía años en Nochebuena.

Wanda asintió enérgicamente con la cabeza.

—Ya sé a qué día estamos, Holly Faye, pero es que ya no puedo esperar más a que te las pongas.

Holly quitó el papel de envolver. Era una caja blanca de piel. Abrió el cierre.

—¡Pero mamá! —dijo sin aliento al sacar unas perlas relucientes del interior de terciopelo—. Son preciosas.

Wanda volvió a sentarse en la cama de Holly con cara de satisfacción.

—Te quedan de maravilla con el suéter de cachemira.

Holly había visto ese tipo de perlas a las chicas más ricas de Haverty.

—¿Cómo has podido pagarlas con lo que ganas?

—Pues... —Wanda se interrumpió como si cambiara de idea—, el trabajo se me ha dado bien últimamente y cuando las vi... las vi en Gower's las compré, eso es.

La sonrisa de Holly se ensombreció un poco.

—Gracias, mamá. Me encantan —dijo abrazándole antes de volver a guardar las perlas en la caja.

—Ven a la cocina cuando acabes, que voy a recalentar el pastel de manzana —dijo Wanda al levantarse para atender una llamada de teléfono.

—De acuerdo.

Al quedarse sola, Holly puso las perlas en alto y las examinó. A primera vista le habían parecido auténticas. Pero cuando su madre le dijo que las había comprado en Gower's, tienda especializada en pendientes a tres dólares y bolsos a diez, Holly se dio cuenta de que era imposible.

Me las pondré cuando esté en casa, pero no puedo llevarlas en Haverty de ninguna manera, se dijo Holly con resignación mientras guardaba la caja en la maleta. No quería que sus amigas de la escuela se creyeran que quería imitar su forma de vestir y estaba segura de que se darían cuenta nada más verlas de que eran falsas.

Una pena, porque eran preciosas.

—Cuéntanoslo todo. ¿Hay cámaras que te siguen a todas partes? Los profesores que han ganado un Grammy, ¿lo ponen en la mesa? ¿Has visto a alguien famoso? ¿Es Frank Shepherd tan guapo como por la tele?

Holly no podía parar de reír. Sólo había podido estar un par de días en casa en las minivacaciones del Día de Acción de Gracias, porque ese fin de semana hubo varios conciertos de Canciones para Todos. Pero ahora, en Navidades, iba a estar un par de semanas en Biscay y Annabel estaba ansiosa por enterarse de todo.

—En cuanto a las tres primeras preguntas, no. Y sobre la última no tengo ni idea —dijo pinchando otra loncha de jamón.

Su madre le estaba haciendo esos días sus comidas favoritas y esa noche el menú era jamón de York asado, patatas con chirlas y judías verdes a la cazuela. Un verdadero banquete al que se habían sumado encantados Annabel, Tyler, Juanita y Ruby.

—¿Cuándo crees que vas a salir en *La Hora de los Talentos de Haverty*? —preguntó Juanita mientras pasaba las patatas—. Lo pongo todas las semanas, pero me imagino que nos avisarás cuando vayas a salir.

—No sé a qué esperan —añadió Ruby mientras se limpiaba los labios con la servilleta sin dejar de menear la cabeza. Le dio unas sobras de jamón a Princesa.

—Os agradezco de veras lo que decís, pero en el programa sólo actúan los alumnos que llevan más de un año —explicó Holly—. ¡Cruzad los dedos para el año que viene!

Tyler le dedicó una sonrisa. Holly le vio especialmente guapo con la nueva camisa de franela que Wanda le había regalado por Navidad. El pelo le montaba sobre el cuello y tenía el pecho ancho y fuerte.

—Pues si ya te has saltado una norma al ser la becaria más joven de Haverty —recordó él guiñándole el ojo—, no veo por qué no puedes saltarte más.

Más tarde, cuando todas habían vuelto ya a sus casas, Holly y Tyler se sentaron juntos en el sofá mientras ponían por la televisión un programa de periodismo de investigación. Pero ellos estaban a otra cosa.

—Por cierto —dijo Tyler agarrándose las manos por detrás de la nuca—, Randy Jack sigue

dando a los pobres profesores del instituto su do-
sis diaria de pescadito frito. Y la comida de la cafetería sigue siendo apestosa.

—Salvo los tacos de pollo —dijeron a la vez,
riéndose.

Holly había echado mucho de menos a Tyler al
principio. Pero luego se había acostumbrado y lo
había llevado bien entre cartas y alguna que otra
llamada telefónica. Al curso siguiente Tyler ya podría conducir y hacerle visitas los fines de semana
que ella estuviera libre. Seguía yendo a cenar los
domingos con su padre a casa de Holly. Juanita le
había dicho a Holly por lo bajini que Phil Norwood miraba a su madre con ojos tiernos.

¿Su madre y el padre de Tyler? ¿Seguro?

«Qué cosa más rara», pensó Holly soltando una
carcajada. Pero bien mirado, luego no le pareció
tan malo.

—Se te ve contenta —dijo Tyler.

—Estoy contenta —Holly le miró muy seria
por primera vez en esa noche—. Al principio ya

te lo ponía en las cartas. Había muchas chicas de lo más estúpido y creí que no me iba a poder llevar bien con ellas. Pero mi compañera de habitación, Ditz, es un encanto y el programa de educación de la voz es formidable —calló unos instantes—. Ahora me doy perfecta cuenta de la suerte que tengo por estar allí.

—Lo que no quiere decir que yo no te eche de menos —dijo Tyler echando su fuerte brazo por el hombro de Holly; luego fingió estar confundido—. Se me olvidaba. ¿Cuántos años más vas a estar allí?

—Tres —dijo ella riéndose.

—Pues el caso es que yo iba a dejar de esperarte al cuarto. Menos mal que no va a hacer falta.

Holly se rió. Le encantó que dijera eso. Y le encantó aún más sentir su abrazo.

No cambiaría a Tyler ni por un millón de chicos de Haverty, ni siquiera los que tenían Corvettes.

28 de diciembre

Querido diario:

No sé si ha sido peor dar a Holly Faye las perlas la víspera de su cumpleaños o no decirle que son auténticas. Al oírle hablar de su elegante amiga y ver el precioso suéter que le ha regalado (me da vergüenza decir esto) sentí que debía competir con la gente de Haverty para que no me sustituyera. ¡Ese suéter debe de haber costado doscientos dólares! No puedo ofrecerle muchos bienes materiales, pero las perlas, las perlas cuestan seguramente más de lo que gano yo en un año. Aunque cuando me preguntó dónde las había comprado no supe reaccionar y le eché la mentira de que había sido en Gower's.

Mentí por temor a decirle la verdad. Toda la verdad.

¿Cuándo voy a tener valor? El año está a punto de acabar y me juré que se lo diría por su cumpleaños. Pero llegaron las Navidades y pensé que iba a estropearle las vacaciones... ¿Cuándo, en-

tonces? ¿Cuál es la próxima fecha que puedo elegir? ¿Nochevieja? Juanita y Ruby están enfadadas conmigo. Insisten en que debo decirle la verdad a Holly Faye antes de que lo hagan otros... Sé que tienen razón, pero soy incapaz de decírselo.

Cada día que pasa resulta más difícil hablar. Los lazos que nos unen como madre e hija ya se están aflojando al vivir ella en Hattiesburg. Si le digo la verdad, nos destruirá completamente.

Por favor, Señor, ayúdame.

Esta noche busco inspiración en unas palabras del Dr. Martin Luther King Jr. «Creo que la verdad desnuda y el amor incondicional tienen la última palabra.»

Ojalá fuera yo tan valiente como lo fue aquel hombre excepcional.

capítulo diez

—Yo señora Gonzalez, no he visto a Dit...,
quiero decir a Lydia hoy.

Holly se mordió el labio al ver que la cuidada
mano de Ditz asomaba por debajo del edredón
haciéndole un frenético gesto para que siguiera.

No era mentira del todo.

—Sí, sí, señora Gonzalez. Ya, ya sé lo importante que es apretar en la recta final cuando llega
enero. Sí. Sí. Se lo diré. Adiós.

Holly colgó el auricular y tiró del edredón de Ditz.

—¡Oye, que hace frío! —protestó Ditz arropándose con la manta que había debajo del edredón; luego gruñó—. ¿Por qué está levantada la persiana? Hay demasiada luz aquí.

—Está levantada la persiana porque es mediodía —dijo Holly muy seca—. He vuelto a por el libro de Inglés que había olvidado y te encuentro aquí tirada —«porque anoche estuviste de juerga y llevas así todo el mes», se dijo para sus adentros—. No voy a sacar la cara por ti delante de los profesores. Tienes que empezar a ir a clase, Ditz. Si no, van a llamar a tus padres y te van a poner un buen castigo —tiró de la manta de Ditz para que surtiera más efecto—. ¡A lo mejor hasta te expulsan!

Últimamente Ditz parecía más cabeza hueca que nunca. No sólo escondía una botella de licor en la habitación, sino que faltaba a clase y salía a altas horas de la noche. A Holly le parecía in-

· ·

creíble que no la hubiesen pillado todavía. Sólo de pensarlo se le ponía un nudo en el estómago.

Su compañera de habitación estaba jugando con fuego.

Ditz dio un bufido y tiró del enchufe de la base del teléfono.

—No se atreven. Mi padre les echaría encima sus abogados inmediatamente y se echarían para atrás. Además, mi madre se lleva muy bien con el Dr. McSpadden. Él nunca permitiría que me expulsaran.

«Puede que sea verdad», se dijo Holly al retirar el libro de la estantería y cerrar la puerta sin hacer ruido.

Tuvo el presentimiento de que Ditz se iba a llevar algún disgusto.

***

Tyler sorprendió a Holly con dos viajes en autobús a Haverty ese invierno. Llamó antes para comprobar que ella no estuviera de viaje. Cuando Ditz y Tyler se conocieron Holly sintió como una punzada. ¿Se rendiría Tyler ante su guapa y divertida amiga? Pero Tyler no tenía ojos más que para ella.

—No te extrañe verme aquí otra vez pronto —le había dicho Tyler mientras respiraban el aire frío en la parada del autobús que le llevaría a casa—. No puedo evitar echarte de menos muchísimo.

Holly tuvo que contener las lágrimas cuando él se inclinó para besarla. Besar a Tyler siempre la ponía contenta... salvo cuando eran besos de despedida.

—En cuanto pruebes los pasteles de chocolate de Brady's comprenderás por qué los elogio tanto —dijo Ditz frotándose de gusto el estómago con la mano. Se había recogido el pelo en una coleta y llevaba una trinchera verde menta con un par de Keds blancos—. Es más, a lo mejor tengo que llamar a mi madre para que me traiga tres cajas en lugar de dos.

—Debe de venir para aquí con medio Nashville a cuestas, después de la cantidad de cosas que has ido pidiendo a Magdalena por e-mail —dijo Holly subiéndose la cremallera de la cazadora mientras atravesaban el pasillo del edificio central de Haverty—. Además, ya es tarde. Tus padres ya habrán salido, creo.

Los festejos del fin de semana de los padres en febrero empezaban al día siguiente y ése había sido el único tema de conversación de Ditz en las últimas semanas.

—Para nada. Sale el avión mañana por la mañana —dijo Ditz metiéndose una gominola en la boca.

Holly estaba asombrada de la cantidad de dinero que la familia de Ditz gastaba en tonterías. Tomar un avión para ir a Mississippi un fin de semana. Ella nunca había estado en un aeropuerto y, por supuesto, jamás había volado en avión.

—Sigo sin entender por qué tu madre no ha contratado a alguien para que le ayudase a terminar el trabajo y pudiera venir ella también —suspiró Ditz—. Tenía muchas ganas de verla. Después de tantas cartas es como si la conociera.

Holly jugueteaba con un pasador del pelo.

—Ojalá hubiera podido venir... pero otra vez será, ¿vale?

Su madre hubiera venido dando botes de alegría...

En el caso de que Holly le hubiera contado que había un fin de semana de los padres.

Pero Holly no quería por nada del mundo que se presentara su madre con el coche viejo y esa marca de nacimiento que le brillaba en la cara igual que un semáforo. Se daba cuenta de que era horrible sentir eso, pero así era. Por eso dijo a todo el que quiso oírla que su madre estaba demasiado ocupada para venir. No era nada del otro jueves, ya que había cantidad de chicos cuyas madres estaban muy ocupadas o de viaje de negocios.

Pero lo cierto es que Holly no le había dicho a Wanda una sola palabra.

Todo el mundo se tragó su mentira. Holly no se había imaginado lo fácil que es engañar a los demás.

Y lo mal que se sentía al hacerlo.

—Pues te vienes con nosotros —dijo Ditz agarrando a Holly del brazo—. Quiero enseñar a mis padres la nueva sala de ensayos y hacerles un recorrido por el campus que organizan los tíos macizos de la sección de jazz. Todo será nuevo para ellos porque el año pasado no les fue posible asistir a causa de una enfermedad de mi abuela. Por la noche habrá una hoguera, canciones y luego iremos a cenar —el rostro de Ditz se animó—. Y tomaremos un desayuno-almuerzo antes de que se vayan el domingo.

—Llevas mucho tiempo sin ver a tus padres —dijo Holly cuando volvían a la habitación—. Seguro que estaréis mejor los tres solos.

La idea de que ella también podía haberlo pasado bien con su madre le rondaba como el zumbido de un mosquito en la oreja. Se la quitó de la cabeza.

—A mis padres no les va a importar —dijo Ditz con la mirada y el tono de voz algo apagados—. Además, si tu madre no puede venir, tendrás que compartir la mía conmigo.

Holly no estaba muy segura de que fuera una buena idea.

—¿Verdad que es fantástico? —dijo con voz alegre Ditz por encima del ruido del gentío.

Estaba sentada con sus padres y con Holly en un banco al aire libre. La hoguera danzaba ante ellos con unas llamas tan altas que parecían lamer la negrura del cielo entintado. Una banda de reggae compuesta por estudiantes de Haverty interpretaba canciones de Bob Marley y había un buen puñado de gente bailando.

Holly sospechaba que el espectáculo no era muy del agrado de Peter y Valerie Hale, de los Hale de Nashville nada menos.

La señora Hale se quitó una mota invisible de su chaqueta azul cruzada. Se había dado mechas de color miel en la melena rubia que le llegaba hasta los hombros y Holly se dijo que, si sonriese, sería francamente guapa.

—Creí que nos encontraríamos con los padres de Amber Jackson. No he visto a Polly y David desde que nuestros caminos se cruzaron en Aruba el diciembre pasado.

El señor Hale ya ni se tomaba la molestia de forzar la sonrisa y miró el reloj por cuarta vez.

—Llevamos cierto retraso sobre el horario previsto.

A Holly le pareció uno de esos tipos de Wall Street que se ven en las películas, hablando a toda velocidad y con trajes caros hechos a medida.

—Creo que ya no falta mucho, papá —dijo Ditz para animarle—. Me apetecía que vieseis el ambiente de Haverty. La camaradería, las hogueras, la gente y —Ditz enarcó las cejas— la tía más maja del Departamento de piano.

—Di más bien el agujero por donde se escapa todo mi dinero —dijo el señor Hale.

Holly no estaba segura de si lo había dicho en broma o no.

El señor y la señora Hale se habían pasado todo el tiempo rezongando desde el mismo momento en que se habían apeado de la limusina en Haverty. Que si los edificios estaban muy separados unos de otros. Que si no habían oído nada al guía. Que si había mucha humedad.

La misma Ditz, empeñada en crear un ambiente festivo entre ellos, empezaba a dar muestras de abatimiento. También Holly tenía ganas de sentarse después de recorrerse el campus, guardar cola en la cafetería con todos los demás estudiantes y sus padres a la hora de comer y echar una mano a sus amigos de Canciones para Todos para la actuación de la tarde dentro de una exhibición general de los programas de Haverty.

El señor y la señora Hale estaban deseando emprender el vuelo de regreso a casa.

La señora Hale empezó a toser.

—Este humo me irrita los ojos, por las lentillas. Y además estoy helada. ¡A quién se le ocurre prender hogueras si debemos de andar por los diez grados! —dijo con un escalofrío.

—¿Qué tal si voy a por chocolate caliente para todos? —dijo Holly, contenta por haber dado con una excusa para desaparecer.

—Muy bien, Holly. Gracias —dijo Ditz agradecida.

La señora Hale hizo un gesto con la mano a Holly mientras se disponía a contestar una llamada del móvil.

A Holly no se le había pasado por alto el detalle de que desde la llegada de sus padres, Ditz había estado en vilo. Después de llevar semanas planeándolo con toda la ilusión del mundo, Holly esperaba encontrarse con una familia feliz como las que salen por la televisión. Pero, por su actitud, Holly se dio cuenta de que los padres de Ditz no veían el momento de marcharse.

Pidió cuatro chocolates, los puso en una cajita de cartón y volvió con los Hale. «Si mi madre
estuviese aquí lo estaríamos pasado en grande»,
se dijo con sentimiento de culpa, porque estaba
segura de que a su madre le hubiera encantado
hacer la visita del campus y no digamos ver a Holly actuar en un escenario con sus compañeros
de clase. Wanda no hubiera dicho ni palabra del
frío ni habría mirado el reloj. «¿Por qué tiene que
tener esa maldita marca roja de nacimiento?»
«Y además nuestro coche está hecho un asco.»
Holly se puso colorada de vergüenza por tener es-
tos pensamientos.

Al acercarse, oyó la voz nasal de la señora
Hale entre la multitud.

—Perdona, pero el plan era estar con Lydia,
¿no? —le estaba diciendo al señor Hale—. Nadie
contaba con que se nos pegara esa becaria huérfana.

Holly se detuvo de golpe y se le vertió el
chocolate de una taza. «¿Cómo que becaria huér-

fana?» «¿Qué se habían creído?» Pero si ella tenía madre. Pensó que, si le hubiera avisado, su madre hubiera podido venir en el autobús de las 6.30 de la mañana en vez de venir en coche.

Holly se miró los zapatos gastados y con pegotes de barro. ¿Cómo podía la señora Hale ponerle buena cara y decir esa barbaridad a sus espaldas? De todas maneras, Holly se consoló pensando que, de no haber sido por ella, Ditz lo hubiera pasado fatal con lo desagradables que eran sus padres.

Qué más daba si los Hale eran unos hipócritas.

Ditz era su hija y no se les parecía en nada.

Era la única verdadera amiga de Holly en Haverty.

Holly puso la cabeza bien alta y se acercó al banco con la bandeja del chocolate.

—Muchas gracias —dijo la señora Hale sonriéndole al asir la taza. Igual que el señor Hale.

—El tuyo se ha vertido —dijo Ditz al ver que el de Holly estaba medio vacío.

—No te preocupes —dijo Holly muy tranquila—. Tampoco tengo tanta sed.

—Llegó la hora de despedirse.

Holly se apartó discretamente mientras Ditz sonreía sin saber qué decir a los Hale, como si fuesen un par de extraños en lugar de sus padres.

Quién sabe si lo eran.

Estaban ante las puertas de pomos dorados del teatro de Haverty. No dejaban de entrar padres y estudiantes para la representación.

Menos los Hale.

Al señor Hale le habían convocado con urgencia en Nashville para una reunión de la empresa que dirigía. Y, como tenían que tomar otro avión, iban a perderse los actos programados para la tarde.

«No dudo de la importancia de lo que tengan que hacer, pero ¿cómo pueden hacerle esto a Ditz?», se preguntó Holly sin acabar de dar crédito a lo que veía. El señor Hale llamó al chófer de la limusina y la señora Hale dio a su hija un abrazo de lo más aparatoso. Con las ganas que tenía Ditz de que viniesen y resulta que se marchaban antes de tiempo.

—Sigue trabajando mucho, Lydia —dijo el señor Hale abrazando los delgados hombros de Ditz—. Nada de lágrimas —le prohibió al ver que se echaba a llorar—. Entra ahí dentro con tus amigas y pásatelo bien con tus canciones.

—Y recuerda, cariño, que en los escenarios triunfan las chicas que saben tocar el piano —dijo la señora Hale arreglando el pelo que el viento había despeinado a Ditz.

—Ya lo sé —dijo Ditz sonándose la nariz—. Gracias por venir. Me... me hubiera gustado que estuvierais más tiempo, como habíamos quedado.

—Venga, cariño, no nos hagas sentirnos culpables ahora. Hay padres que ni siquiera han aparecido —dijo la señora Hale lanzando una mirada de lástima a Holly.

Holly tragó saliva. No sabía muy bien qué contestar a eso. «Mi madre nunca me hubiera dejado tirada», se dijo para sus adentros. «Si le hubiera dicho que viniera, claro.»

Holly deseó buen viaje de vuelta a Nashville al señor y la señora Hale y entró en el teatro para que Ditz pudiera despedirse de sus padres en la intimidad. Su amiga entró en el teatro poco después con los ojos y las mejillas enrojecidos de haber llorado.

—Mi padre no se habría marchado si no fuera algo superimportante —dijo a Holly mientras volvían a la fiesta con una sonrisa de circunstancias.

—Ya lo sé —dijo Holly—. Estoy segura de que era muy importante.

«Pero no tanto como tú», pensó.

capítulo once

Al cabo de siete meses en la escuela, Holly llegó a la conclusión de que nunca iba a encontrar ningún otro chico como Tyler. De manera que decidieron casarse. Ella llevaba un vestido largo de cola, Ditz tocaba el piano y la madre de Holly lloraba sentada en el primer banco de la iglesia.

Al menos Holly creyó que lloraba. Pero no era eso, sino un teléfono que sonaba.

Era su teléfono el que sonaba.

Y le sacó a Holly de sus sueños.

—¡Tienes que venir a buscarme! —fue lo primero que oyó al descolgar el auricular.

—¿Qué? ¿Ditz? —murmuró Holly incorporándose en la cama. Le había pillado en el primer sueño. El reloj marcaba las 2.14 de la madrugada.

—¡Despierta! —gritó Ditz al otro lado de la línea—. Estoy en el quinto pino y me han robado la cartera. Menos mal que tengo el móvil. En la cajita de porcelana de mi mesilla hay tres billetes de veinte dólares.

—¿Que te han robado? —dijo Holly soñolienta—. ¿Dónde has dicho que estás? —era todo demasiado rápido para alguien profundamente dormido. Acababa de llegar poco antes de medianoche de dar un concierto con el coro en Tupelo. Entre las canciones del concierto y luego las del autobús Holly se había metido en la cama sin advertir que Ditz no estaba en la suya.

—Luego te cuento. Escucha —Ditz hablaba más despacio—. Tienes que venir a buscarme.

—¿Cómo? Si no sé conducir —dijo Holly con la cabeza aún no del todo despejada.

—Ve por detrás de la escuela y sube la cuesta hasta llegar al cruce que hay entre la Séptima y Blanchard —le explicó pausadamente Ditz—. No te verá nadie salir por la puerta de atrás. Nadie pasa por allí hasta que llegan los de la cocina. Llama a un taxi ahora y dile que te espere allí. Le pides al taxista que te lleve al Redeye Saloon. Estoy como a un kilómetro de ahí. En dirección este, creo. ¿De acuerdo?

—Eh…, de acuerdo.

—¡Date prisa! —y colgó el teléfono.

Holly llamó al teléfono de servicios y pidió un taxi en diez minutos en el cruce entre la Séptima y Blanchard. Luego se puso unos vaqueros que le había regalado Ditz y se echó la cazadora por encima de la camiseta de dormir, que era del taller de Norwood's. Tal como Ditz le había dicho, encontró los tres billetes de veinte dólares.

Con eso tendría suficiente para ir al Redeye Saloon, pero ¿cómo harían para volver? Rebuscó por su cómoda y encontró otros siete pavos. Y salió disparada.

El corazón le latía al galope al escabullirse por la puerta de atrás y atravesar el campus a toda velocidad. Le parecía ver monstruos al acecho detrás de cada árbol y cuando vio los faros del taxi que la esperaba estaba a punto de echarse a llorar.

—¿Tienes dinero? —le preguntó por precaución el taxista de pelo grasiento al montarse—. Son quince pavos al Redeye.

—Sí. Por favor, dese prisa.

Holly le mostró los veinte dólares. Nunca había montado en taxi y se alegró de que no le hiciera más preguntas. Según iban llegando al Redeye Saloon Holly le pidió que fuese más despacio. Al poco distinguió a una chica entre las sombras de la carretera.

—¡Por ahí! —gritó mientras Ditz les hacía señales con el teléfono móvil para que se detuvieran.

A Holly nunca le había alegrado tanto encontrar a nadie en su vida. Ditz montó tiritando a causa del frío aire de marzo. Llevaba un vestido azul corto de encaje y un suéter a juego. Llevaba despeinada la larga melena de color castaño, se le había hecho una carrera en el panty y tenía mal abrochados los botones del suéter. Para colmo apestaba a tabaco.

—Llévenos de vuelta a Haverty, por favor —dijo Holly al taxista.

—No sabía que hubiera que recoger a nadie más. Después de medianoche hay un recargo de cinco dólares.

—Le pagaremos —dijo Ditz mientras se quitaba los zapatos de tacón con los pies y se acurrucaba en el asiento de vinilo ajado. El taxi dio media vuelta.

—A toda pastilla —ordenó Holly.

Ditz respiró hondo.

—¿Te acuerdas del chico del que te hablé, Kevin? ¿El que conocí la semana pasada en el cine en Hattiesburg?

Holly asintió con la cabeza.

—Me llamó para salir esta noche. Cenamos muy a gusto en un local de barbacoas y luego nos vinimos al Redeye, nos tomamos unos cuantos cócteles y...

—¿Cuántos?

—Tres o cuatro —Ditz se encogió de hombros.

—Ya.

—¡No puedo contártelo si te vas a poner así! —amenazó Ditz.

Holly esperó.

Ditz volvió a respirar hondo.

—Nos fuimos a su coche y cuando ya nos íbamos a marchar a casa empezó a besarme y a tocarme y echarme la mano encima como un pulpo —hizo una mueca de desagrado—. Al principio no le di más importancia, pero luego me puso perdida de saliva y me echó un eructo en plena cara.

—¡Qué asco! —Holly arrugó la nariz.

—Le dije que estuviera quieto y, como no me hizo caso, le di una bofetada.

Holly hizo un gesto de asombro.

—¿Y qué pasó?

—Pues va y me dice que es la última vez que le pongo la mano encima, abre la puerta, me echa fuera de un empujón y sale pitando ¡con mi cartera dentro del coche! —Ditz sacudió el móvil enfadada—. El segurata del Redeye no me iba a dejar entrar sin el carné de identidad y, como los tipos que andaban por ahí fuera tenían mala pinta, hice como que estaba esperando a mi chico.

—¿Fue entonces cuando me llamaste?

Ditz me miró avergonzada.

—No exactamente. El chirrido del coche de Kevin al arrancar en el aparcamiento llamó la atención de los policías que patrullaban por el Redeye. Un coche salió en su persecución y el otro se acercó a mí.

—¡Podían haberte detenido por ser menor! —exclamó Holly.

Ditz no hizo caso de aquel comentario.

—Le dije al policía lo que había pasado y me preguntó la edad. Le dije que ya era lo bastante mayor —se rió maliciosamente.

—¡Ditz!

—Es que era un pedazo de tío. Me di cuenta de que yo le gustaba. Le dije que estaba muy bueno y le di mi, bueno, nuestro número de teléfono y le dije que estaba esperando a que viniera mi hermano a recogerme. Entonces me dejó en paz. Y luego me escondí en el seto de cañas de la cuneta y te llamé.

—¿Qué es lo que le diste? —chilló Holly de manera que el taxista dio un volantazo y la fulminó con la mirada. Increíble.

—No te preocupes. No daría el número de verdad a un poli ni aunque estuviera como una estrella de cine —bostezó Ditz con los ojos cerrados—. Tía, de repente estoy que me caigo de cansancio.

Pagaron al taxista y entraron en la habitación sin ser vistas. Holly encendió la lamparita de la cómoda y Ditz gruñó al verse reflejada en el espejo de la entrada.

—Necesito hacer pis y dormir como un lirón —dijo tambaleándose al entrar en el cuarto de baño. Cuando salió y llegó a la cama sin haberse quitado la ropa, Holly la arropó con una manta y apagó la luz.

Holly se despertó al alba por el ruido inconfundible que llegaba del cuarto de baño. A Ditz no le había dado tiempo a cerrar la puerta. Seguía con la misma ropa puesta y estaba sentada en el suelo con la cabeza asomada a la taza del water.

«Maravillas del beber», se dijo Holly. Luego se vistió y fue a la cafetería a por un par de cafés con madalenas. De paso recogió el correo.

Estaban las típicas hojas informativas del campus, una carta de Tyler y un puñado de catálogos de ropa, artículos de baño y discos a nombre de la señorita Lydia Hale.

También un largo sobre de color crema de la redacción de la Comisión de Seguimiento de Estudiantes de Haverty.

—Hola, mamá —dijo Ditz procurando parecer animada mientras andaba arriba y abajo por la habitación. Se había puesto unos vaqueros y un suéter y tenía el pelo mojado de haberse duchado—. ¡No pasa nada malo! ¿Es que no puedo llamar para saludarte?

Holly se quedó boquiabierta.

—¿No crees que exageras un poco? —dijo en voz baja.

Después de haber pasado dos horas sentada como zombi con la carta encima, Ditz había dejado un mensaje a la secretaria del Dr. McSpadden para que no informara a sus padres de su situación actual. Les había prometido a él y a Holly hablar largo y tendido con su madre en St. John's durante las próximas vacaciones de primavera y centrarse en los estudios de verdad, de verdad de la buena.

Luego había llamado a su casa y Magdalena le había informado de que su padre estaba en el gimnasio y su madre desayunando. Ditz decidió llamar a su madre al móvil.

¿Por qué fingía que todo iba bien?, se preguntó Holly preocupada mientras veía a Ditz con el teléfono en la mano. Si con alguien debía hablar claro era con su madre. No tenía sentido llamarla si no.

Holly vio ensombrecerse la expresión de Ditz.

—¿Me estás diciendo que no vamos a ir a St. John's? ¡Pero si lo habíamos hablado antes de Nochevieja! —dijo con voz quejumbrosa—. Me prometiste que tendríamos tiempo... Sí, ya lo sé, pero... Ya lo sé, pero...

De pronto Holly deseó haberse disculpado con Ditz antes de que ella hablara con su madre.

—Estupendo. Lo que tú digas —dijo Ditz visiblemente irritada—. Mamá, me tiene sin cuidado que tengan un gran programa para adolescentes en ese sitio de Florida. No me apetece nada volver allí. Yo quería ir a St. John's —le temblaron las manos—. Contigo —añadió en voz baja.

Holly iba a pasar las vacaciones de primavera en Biscay, donde también había sol, pero sabía que muchos estudiantes iban a Florida e incluso a alguna isla tropical, como Ditz. «Me temo que este año Ditz no va a ir», se dijo Holly con tristeza.

La voz de Ditz recobró el tono.

—La verdad es que tengo que contarte varias cosas. Anoche me robaron la cartera. Estaba yo... —puso mala cara—. No, no era el Fendi. Yo... sí, ya llamé para anular la tarjeta de crédito. No llevaba nada más de valor. Salvo el carné de identidad falso —le soltó; Holly se quedó asombrada por su descaro.

Todo aquello debió de entrarle a la señora Hale por un oído y salirle por el otro, porque Ditz cambió de tema enseguida.

—Mamá, la escuela me ha enviado una carta. Dicen... dicen que tengo que sacar mejores notas.

«¡Ya era hora!», pensó Holly haciéndole un expresivo gesto con el pulgar.

—No, no es del Dr. McSpadden. Es de la Comisión de Seguimiento de Estudiantes —Ditz hizo una pausa—. No lo sé. Me figuro que son los que se encargan de esas cosas —volvió a hacer otra pausa y puso una expresión fría—. Que sí, mamá. Que ya sé que hablarás con quien corresponda —dijo mecánicamente—. Que tienes razón. No me preocuparé más. Y —se quedó mirando fijamente al auricular—. ¿Mamá? ¿Estás ahí? —pasaron unos segundos—. Ah, ya llegaron las mimosas para Whitney y para ti. De acuerdo. Sí. Adiós.

—Oye, Ditz —dijo Holly tocando delicadamente a su amiga en el brazo—. Si no tienes planes para las vacaciones de primavera, hay un sitio que me encantaría que visitaras.

—De manera que éste es tu pueblo —dijo Ditz entusiasmada al apearse del autobús y echar a andar por el camino de la casa de las Lovell algunas semanas más tarde.

—Así es —sonrió Holly ante la reacción de su amiga; luego le señaló una zona arbolada al otro lado de la calle—. Ahí solíamos jugar al escondite, hay sitios muy buenos para esconderse. Yendo para el otro lado se llega al taller de Norwood's —tenía muchas ganas de presentarle a Ditz en su propia casa—. Y yendo por aquí, mi casa queda después de pasar el olmo grande.

Al llegar con Ditz, a Holly se le hizo mucho más pequeña y humilde la pequeña casa amarilla con arriates de flores y un buzón verde de plástico donde ponía «LOVELL, W.». Holly había visto fotos de la casa de Ditz, un gran edificio colonial de ladrillo con avenida de entrada. Luego de abrir la puerta de atrás y entrar, la casa se le hizo aún más pequeña, con el linóleo agrietado y levantado a modo de bienvenida y grabados de peluches por las paredes con un aspecto patético dentro de los marcos.

Holly se volvió a Ditz como pidiendo disculpas.

—Ya ves que no es gran cosa...

—¡Es como una casita de muñecas! —exclamó Ditz descansando la bolsa y estirando los brazos—. ¡Es adorable!

—Y tú tan guapa como me había dicho Holly Faye —dijo Wanda al salir de su habitación—. ¡Tú debes de ser Lydia! —Princesa fue corriendo detrás de las zapatillas de Wanda y ladrando todo lo fuerte que podía hacerlo una cría de caniche.

—¡Qué bonito! —Ditz suspiró mientras Holly levantaba en brazos a Princesa y le besaba el pelo de color albaricoque; luego sonrió a Wanda—. Por favor, señora Lovell, llámeme Ditz… ¡aunque ya me han avisado de que me va a dar la charla por eso!

Holly había estado preocupada por si a Ditz le echaba para atrás la marca de nacimiento de su madre.

Pero no tenía por qué. Ditz se mostraba cariñosa y amable como si nada.

—No me puedo creer —dijo Wanda riéndose— que una chica tan guapa como tú tenga un nombre tan tonto…, pero si tú quieres, te llamaré Ditz. Con una condición. Que tú me llames Wanda —abrazó a Holly con Princesa entre los brazos— Bienvenida a casa, cariño. ¡Una semana entera contigo! Princesa y yo vamos a estar en el séptimo cielo —luego alargó el brazo para incluir a Ditz—. Van a ser las mejores vacaciones de primavera de nuestra vida.

Holly había puesto a su madre en antecedentes sobre la situación familiar de Ditz. Confiaba en su discreción.

—Me alegro de conocerte. Gracias por dejarme venir. Me hubiera gustado verte en el fin de semana de los padres —dijo Ditz a Wanda mientras echaba un vistazo a la casa sin perder detalle.

Holly pensó que no olvidaría jamás la expresión de su madre cuando la miró.

—Sí... ¿No te acuerdas, mamá? —balbuceó confiando en que su madre le siguiera la corriente—. Los arreglos..., la cantidad de arreglos que tenías pendientes.

—El fin de semana de los padres —dijo al cabo de una breve pausa, como si acabaran de darle una bofetada; Ditz podía creerse que era por no haber podido ir, pero Holly conocía la ver-

dadera razón—. Ah, sí. Es que... tenía tanto trabajo que me fue imposible ir.

A Holly se le había hecho un nudo en la garganta.

Wanda cambió rápidamente de tema.

—¿Os apetece tomar algo, chicas? Acabo de
hacer una jarra de limonada.

Holly se sintió aliviada al tiempo que culpable. Sí, tomarían un poco de limonada.

Las vacaciones de primavera en Biscay pasaron en un voleo. Holly presentó a Ditz a todas
las personas que Wanda mencionaba en sus cartas. Llevaron a Princesa a dar largos paseos, coti-
llearon sobre chicos con Bel, visitaron a las mujeres que hacían colchas colectivamente (que
estaban haciendo una colcha en estilo victoriano
a base de petachos y retales de telas antiguas),
vieron de refilón a Ethlyn Chall y su permanente
tipo caniche (con los pelos tan de punta como
siempre) y fueron a la peluquería de Juanita.

Tras conocerlo en una de sus visitas a Haverty, Ditz pensó que Tyler era uno de los chicos más fantásticos del mundo. Al verlo en el taller, ayudando a su padre a reparar un antiguo modelo T, prometió no enamorarse de él pero amenazó con poner un anuncio buscando un clon de Tyler.

—Necesito encontrar un chico majo —le dijo a Holly una noche después de que Tyler se hubiera marchado a su casa.

—Con un poco más de tiempo aquí lo encontrarías —contestó Holly confiada. Una chica tan atractiva como Ditz traía de cabeza a todos los chicos de Biscay.

El domingo Holly, Ditz y Wanda acudieron a la iglesia, donde Holly interpretó un solo tan hermoso que a muchos adultos, hombres también, se les llenaron los ojos de lágrimas.

Esa tarde llovió a cántaros. Wanda anunció que ya era hora de descansar de tanto callejeo por el pueblo, hacerse un buen té y descansar.

—Tengo que leer algo para la clase de literatura universal —suspiró Ditz mientras se dejaba caer en el sofá de las Lovell y sacaba de la mochila un ejemplar de *Jane Eyre*, luego dejó la novela en el suelo—. ¡Qué tontería! Lo que quiero es sentarme aquí a charlar con vosotras —torció el gesto—. Mañana es el último día aquí.

Holly contaba con que Ditz fuera comprensiva porque ella era de humilde condición y con que le gustara Biscay, pero no había contado con que le encantara.

Se le habían abierto los ojos. Siempre se había sentido orgullosa de su pueblo, pero al verlo a través de la mirada de Ditz todo le parecía nuevo. Y resultó que Biscay, con sus gentes sencillas y sus amplios espacios abiertos, era mucho más interesante de lo que se había creído.

Ditz las miró con expresión tímida.

—¿Puedo preguntaros algo, mujeres Lovell?

—Claro —dijo Wanda dejando el almohadón bordado en el que estaba trabajando.

«Ahora le va a preguntar por la marca de nacimiento», se dijo Holly haciendo una mueca. Como acababa haciendo todo el mundo.

—Por favor, no me interpretéis mal —Ditz estaba haciendo acopio de fuerzas—. He estado en muchas casas, casas con antigüedades y gabinete y piscina... y he visto que, en ocasiones, las personas que viven en ellas son desgraciadas. En cambio vosotras... vosotras vivís en una casa que es, pues... modesta. Y formáis la familia más feliz que conozco —vaciló un instante—. Espero que no os lo toméis como un insulto.

Wanda negó con la cabeza para quitarle la idea.

—Para nada, sigue cariño.

—Pues veréis, yo, yo... vivo en una casa muy grande con muebles tan antiguos que parece un museo —se rió por lo bajo—. Tenemos todas las películas imaginables en DVD. Cuando estoy en casa el desayuno me lo hace una cocinera. Y tenemos una piscina mejor que la del club de campo de mi padre —bajó los hombros—. Pero no... no soy feliz.

Holly la comprendió mejor que nunca. Tanto beber, tanto ligar con unos chicos y otros, tanta fiesta. Nadie hace eso si es feliz.

—Me figuro que te chocará que nos conformemos con tan poco —dijo Wanda a Ditz mientras Holly miraba algo avergonzada a las cortinas hechas por su madre, sin tener muy claro que ella se conformara con tan poco.

—¿Chocarme? —se rió Ditz, con gran sorpresa de Holly—. Para nada. Ya veo por qué sois felices. Tenéis buenas amistades, maravillosas comidas caseras y la casa más acogedora donde yo haya dormido.

Ditz pareció estar buscando las palabras adecuadas.

—No me entendáis mal. No soy ninguna pobrecita rica que quiera inspirar lástima. Me encantan los zapatos de diseño y que me regalen un Beemer cuando cumpla los dieciséis como a todas las chicas. Lo que me pasa es que siempre creo que son las cosas las que van a hacerme feliz y no es así. Y después de haber estado aquí con vosotras... —se quedó pensativa—. ¿Soy un caso perdido?

—¿Perdido? —Wanda negó sonriente con la cabeza—. El viaje espiritual de tu vida acaba de empezar.

Ditz echó los hombros hacia delante.

—Pero es que yo no soy nada espiritual. No voy a la iglesia todas las semanas. Lo que no quita que hoy me haya encantado ir con vosotras —matizó de inmediato—. Pero no me va nada. La iglesia de Nashville a la que vamos está llena de la gente más estirada que conozco.

—La casa del Señor no hace acepción de personas —coincidió Wanda—. Pero ser espiritual no es ir a la iglesia los domingos. Mírame a mí, por ejemplo. Casi todos los domingos me verás sentada con mis mejores galas en el cuarto banco empezando por atrás. Pero no necesito ir a la iglesia para hablar con Dios. A veces le hablo cuando estoy en casa. En la cocina o trabajando en cualquier cosa. Ser espiritual es ser sincera con una misma. Con cómo se quiere vivir la propia vida.

—Aunque no lo parezca por cómo me comporto a veces —dijo Ditz mirando avergonzada a Holly—, te respeto a ti y a tus valores. Siempre eres honrada y trabajas mucho. A veces no te entiendo —se rió—. Me figuro que en Haverty habrá cantidad de chicas majas, pero hasta que conocí a Holly, Haverty parecía estar lleno de niñas bien que te dejarían pasmada —miró a Wanda—. Después de haber estado aquí, lo tengo muy claro.

Un estremecimiento de culpa sacudió a Holly. No era tan buena y amable como decía Ditz. Es cierto que trabajaba mucho y se esforzaba por actuar bien, aunque no siempre lo lograba. Pero también se había avergonzado de su madre. Y de sus orígenes. Se puso colorada.

—Mira, te has puesto colorada. No quieres oír ningún elogio —le regañó en broma Ditz.

—No soy tan buena como os creéis —dijo Holly en voz baja sin mirar ni a Ditz ni a su madre. Quizá también estuviera empezando el viaje espiritual de su vida. Quizá no fuera demasiado tarde para empezar a valorar a su madre y todo lo que había hecho por ella.

Wanda se echó hacia delante en la silla y apoyó la mano en la de Ditz.

—Cariño, todo el mundo, da lo mismo que sea rico o pobre, se encuentra con obstáculos, que pueden ser personas, situaciones o limitaciones físicas. Cada uno tiene que descubrir la forma de superarlos. Mi problema siempre ha sido el dinero y tener esta marca de nacimiento en la cara me hizo cambiar, no en cómo me veía a mí misma sino a los demás. En muchos aspectos ha sido una auténtica bendición.

Cuando tengo un problema procuro no agobiarme. Así hago. Tengo la suerte de tener muchas buenas amigas, amigas que se han convertido en mi familia —Holly no supo interpretar la emoción que, por una fracción de segundo, asomó a la cara de Wanda; luego se tranquilizó y sonrió a Holly—. Y la hija más maravillosa del mundo.

capítulo doce

—Prometo traerte un poco —dijo Ditz cuando salía con Ruby por el porche.

—¿Un poco? ¡Yo quiero el pastel entero! —gritó Holly con voz alegre. Ditz se había enamorado de la torta de almendras tostadas de Ruby, que la había invitado a su casa para enseñarle a hacerla. A Ditz le apetecía y, como era el último día en Biscay, les dejó solas a Wanda y Holly.

Pero Holly no las tenía todas consigo a juzgar por cómo veía a su madre esa mañana. Normalmente era una mujer tranquila y esa mañana estaba hecha un manojo de nervios. Cuando Princesa ladró al paso de un camión de reparto, Wanda dio un respingo y se le cayó un vaso al suelo. Se pinchó dos veces con la aguja. Algo le había dicho al oído a Ruby porque ella le había abrazado y le había dicho que todo saldría bien. Y Wanda miraba de vez en cuando largamente a Holly y luego apartaba los ojos. No era normal.

Holly no sabía a qué se debía. El colmo fue cuando, después de salir Ditz, su madre le pidió que se sentara a la mesa del comedor, reservada para las celebraciones de Pascua, Acción de Gracias, Navidad y los cumpleaños.

—¿Pasa algo, mamá? —preguntó Holly mientras su madre se sentaba frente a ella, con las manos agarradas con fuerza a la mesa—. Me imagino que estás enfadada por lo del fin de semana de los padres y que estás triste porque tengo que irme, pero prometo estar de vuelta pronto.

De eso no cabía ninguna duda. Esta visita le había hecho consciente de la importancia de la relación con su madre. Y de la importancia de pasar tiempo juntas.

—No se trata de eso —Wanda parecía estar a punto de comunicar alguna noticia trascendental—. No voy a negar que me ha molestado lo del fin de semana de los padres, pero no es eso de lo que tengo que hablarte. Hay algo que debes saber, Holly Faye. Me ha dado miedo decírtelo, pero ya no puedo seguir callando más tiempo. Tienes derecho a saberlo.

A Holly no le gustó nada ese comienzo. ¿Por qué adoptaba su madre un tono de voz tan grave?

—Hace quince años hubo un terrible incendio en una hilera de casas de las afueras de Biscay. Murieron diecinueve personas.

Holly sintió cierto alivio.

—Venga, mamá. Ya sé lo del incendio —en Biscay todo el mundo lo sabía, si bien a la gente mayor no le gustaba mucho hablar de aquello—.

¿Por eso te traes tanto misterio? ¿Por el dichoso incendio?

La madre tragó saliva.

—Déjame terminar. Por mal que lo hayamos pasado tú y yo a veces, cuando yo tenía veintitantos años las cosas eran más difíciles. No me llevaba muy bien con mis viejos y, no quiero aburrirte con los detalles, el caso es que me fui de casa. Alquilé un piso pequeño en la otra punta del pueblo. Acababa de salir de una mala relación y trabajaba de camarera en el Haverty Diner, sobre todo por las noches. Un viernes escasearon las propinas y no tenía ni para el billete de vuelta a casa. Así que eché a andar. Fue la misma noche del incendio.

—¿Viste el incendio? —preguntó Holly sin hacerse una idea cabal de lo terrible que debió de ser.

—Fui la primera en llegar. Las llamas crecían y el aire estaba lleno de humo. Y miedo. Dentro se oían gritos y vi aterrorizada cómo la gente rompía las ventanas para escapar.

—Oh, mamá —susurró Holly tomando a su madre de la mano.

—En medio de la humareda distinguí a una mujer que tosía medio ahogada. Gritaba algo que yo no llegaba a entender. «La niña», decía sin apenas voz, «la niña».

Holly sintió un nudo en el estómago.

—¿Y qué pasó? —susurró.

—Fue como si, como si me hubiera llamado un ángel. Porque en aquel momento, entre los gritos, las llamaradas y las cenizas oí el llanto, el llanto de la niña —Wanda contuvo una lágrima—. Lo único que yo podía hacer era entrar allí. Y atravesé el humo y el fuego tratando de protegerme la cara de las llamas.

Holly estaba sollozando. De pronto supo lo que su madre iba a decirle, que...

—La niña estaba envuelta en una manta y metida en un moisés, caliente, pero al que increíblemente habían respetado las llamas. La mujer había tratado de bajar, pero perdió el conoci-

miento en las escaleras. No pude tirar de ella.
Abrazé a la niña y salí medio ahogada de aquel
edificio en llamas. Debí desmayarme nada más
salir porque lo siguiente que recuerdo es verme
en el hospital de Natchez rodeada de Juanita, Ruby y su marido Gordon, que entonces aún vivía,
Dios bendiga su alma.

«Y me adoptó ¡Soy hija adoptiva!», pensó Holly.

—Es increíble que no te quemaras —gritó
Holly—. Debes de haber...

—Sí que me quemé, Holly —Wanda se llevó
una mano temblorosa a la marca de nacimiento.

«De manera que la marca de nacimiento ¡Dios
mío!...»

Wanda carraspeó.

—Me tuvieron una semana en el hospital y se
ocuparon de ti como si fueras suya.

—¿Y qué fue de...? —preguntó Holly en un hilo de voz.

Wanda se echó a llorar, como si le hubiera leído el pensamiento.

—Tus padres biológicos murieron, Holly Faye. No hubo supervivientes en el incendio de Biscay. Salvo... tú —los sollozos le hacían sacudir los hombros—. Perdóname, Holly Faye. Debería habértelo contado antes.

—Entonces lo de la cara... no es una marca de nacimiento —dijo Holly muy despacio mientras su mente iba asimilando lo que su madre le había contado.

—Claro que lo es —dijo Wanda mirándole los ojos—. Es una marca de nacimiento. Al salvarte del incendio una llama me marcó para toda la vida. Renací y me convertí en una amorosa madre nada más tenerte entre los brazos.

Callaron las dos un buen rato. Hasta que Holly habló.

—Pero ¿cómo, quiero decir, por qué me dejaron contigo? ¿No hay leyes y tribunales y cosas de ésas? ¿No me reclamó nadie?

—Nadie. La noticia del incendio se difundió a escala nacional y si tus padres biológicos hubieran tenido algún pariente, se hubieran presentado. Al no reclamarte nadie, el Estado dijo que te llevarían a un orfanato. Pero yo no podía consentir que lo hicieran. El marido de Ruby me encontró un abogado de Hub City para que me defendiera ante los tribunales —Wanda se restregó los ojos—. Menos mal que nos tocó un juez comprensivo, que sentenció que estarías mejor con una madre sana y trabajadora, aunque fuese soltera y sin posibles, que en un orfanato.

Era difícil de encajar que era huérfana, justo lo que había dicho la señora Hale.

—Juanita y Ruby conocían una casa de la iglesia para madres solteras y fui allí una temporada. Tres meses más tarde, al volver a casa con una niña sana, hubo habladurías y miradas despectivas en la tienda, pero pasaron enseguida. Todo el mundo hizo como que sabía lo que había ocurrido y no hicimos caso.

—Así que ¿Juanita y Ruby... lo saben? —dijo Holly sin dar crédito a la amistad que siempre les habían demostrado.

—Sí, cariño. Todas las del ropero. Juraron no abrir la boca cuando tú todavía eras un bebé y han mantenido su palabra. Y llevan tiempo pidiéndome que te contara la verdad —Wanda se levantó a por un álbum de recortes del armario—. Guardé todas las noticias del incendio y la documentación del juicio. Aquí la tienes por si algún día quieres leerla.

—¿Y mi cumpleaños? —dijo de pronto Holly mirando a su madre—. ¿Cómo sabes que yo nací en Nochebuena?

—Los médicos dijeron que debías de tener un mes cuando yo te rescaté aquella horrible noche de enero. Llegamos a la conclusión de que no cabía regalo mayor que un bebé, así que al tener que poner la fecha de tu nacimiento en los documentos, no dudé en decir que fue en Nochebuena.

Holly se agarraba a la mesa sin saber qué decir.

—Otra cosa —dijo su madre con voz emocionada—. Las perlas, las perlas que te regalé, ¿te acuerdas?

—Ah, sí —Holly casi se había olvidado de ellas y se las había dejado en la cómoda de la escuela.

—Cuando las enfermeras del hospital te quitaron la manta vieron la caja a tus pies, escondida entre los pliegues de la ropa —Wanda sollozó—. Fue como si tu madre hubiera querido darte algo. Es mentira que las comprara en Gower's, Holly. Son perlas auténticas. Y valen mucho dinero.

Holly dejó escapar un grito ahogado. «Mis padres biológicos muertos..., la persona que yo pensaba que era mi madre no lo es..., por poco muero en un incendio y me salvó la mujer más valiente del mundo..., soy hija adoptiva..., rumores..., la marca de nacimiento..., la cicatriz..., las perlas..., Haverty..., vergüenza..., me quiere..., me quiere..., me quiere...»

Aquello era demasiado.

Holly contuvo las lágrimas, echó para atrás la silla y se fue corriendo a su habitación con un torbellino en la cabeza y el corazón traspasado de amor y dolor por lo que acababa de oír.

Sin saber que su madre se había quedado igual que ella.

Cuando Holly y Ditz fueron a tomar el autobús de vuelta a Haverty, Ditz dio un abrazo tan emocionado a Wanda que no se enteró de la extraña despedida entre madre e hija.

6 de abril

Querido diario:

Ya lo he hecho. Le he partido el corazón.

Y el mío.

Al darme el beso de despedida antes de tomar el autobús, no supe qué decirle. Señor, tú que me has dado la fortaleza, ayúdame a mantener la fe de que siempre tendré una hija muy querida.

Mientras el autobús se alejaba de Biscay, Holly se secó una lágrima de la mejilla.

—Estás triste por tener que marcharte, pero verás a tu madre muy. pronto —le consoló Ditz, dándole una palmada en el brazo. Holly se lo contó todo a Ditz.

Ditz puso los ojos azules como platos y no salía de su asombro.

Holly siguió llorando por más esfuerzos que hacía para contener las lágrimas. La increíble historia de su vida estaba aún tan reciente que seguía doliéndole cada vez que hablaba de ella.

—Me parece increíble ser hija adoptiva —susurró Holly mientras el autobús circulaba ya por la autopista—. Eso de que mi madre... no sea mi madre.

Ditz la rodeó con el brazo.

—¿Me tomas el pelo? Vaya que si es tu madre. Tenéis una relación formidable, aunque los genes sean distintos —esbozó una sonrisa amarga—. Yo tengo la nariz de mi madre y los pies grandes de mi padre, por tanto no soy hija adoptiva. ¿Y cómo me llevo con ellos? Ni idea —la atrajo hacia sí—. Pero después de hablar con tu madre voy a intentar cambiar las cosas. Voy a ser sincera con ellos y

decirles cómo me siento —miró por la ventana—.
Ser hija adoptiva o no, no tiene nada que ver con
el cariño que se siente.

—¡Pero lo que yo siento es horrible! —estalló
Holly en voz alta de manera que varios pasajeros
volvieron la cabeza—. Siempre me he avergonzado de que la gente viera a mi madre con esa
fea marca roja de nacimiento y resulta que se la
hizo por salvarme la vida. Yo soy la única cau-
sante de esa cicatriz, Ditz. Es culpa mía —y rom-
pió a llorar. Holly estaba muy enfadada consigo
misma. ¿Cómo podía haberse avergonzado de su
madre? Si ella era la persona que más la quería
del mundo. Wanda había arriesgado la vida por
salvar a una niña.

«Una becaria huérfana.»

—¿La quieres? —preguntó Ditz dulcemente.

—Más que nunca —dijo Holly entre sollozos,
sin preocuparse del lamentable aspecto que tenía.

Ditz rebuscó en el bolso y dio a Holly un
pañuelo de papel.

—Muy bien, pues hay que hacer algo para demostrárselo. Algo que no olvide nunca.

—¿Como qué? —dijo Holly sonándose las narices.

Ditz se quedó callada unos instantes. Luego chasqueó los dedos.

—La representación anual del Día de la Madre en Haverty. Se celebra por todo lo alto. La graban para *La Hora de los Talentos de Haverty* y Frank Shepherd procura superarse todos los años con algo que nadie haya hecho nunca... —le brillaron los ojos—. Como que cante alguien de segundo año. Claro que tendría que tener una excepcional voz multioctavas.

—¿Crees que se puede...? —preguntó Holly en un hilo de voz.

—¿Para qué tiene una contactos si no los utiliza de vez en cuando? —dijo Ditz con una sonrisa al sacar el teléfono móvil—. Sí. Quiero el número del despacho del Dr. McSpadden en la Escuela de Música de Haverty —dijo con mucho aplomo. Holly se retrepó en el asiento mientras las emociones de la jornada se asentaban en su corazón igual que el canto de un pájaro.

capítulo trece

—En directo, desde la Escuela de Música y Artes Escénicas de Haverty en Hattiesburg, Mississippi, *La Hora de los Talentos de Haverty,* un recital de una hora con los mejores músicos jóvenes de la mejor escuela de música del Sur. Hoy es un día especial, en honor a todas las maravillosas madres de esta tierra nuestra. Y ahora... ¡que comience el espectáculo! —una chica se acercó al micrófono y empezó a tocar una pieza de música

clásica para flauta mientras Frank Shepherd aban-
donaba el escenario.

Durante las actuaciones, Holly aguardaba entre bambalinas, haciendo esfuerzos imposibles
por calmarse. Esta noche, por primera vez en los
veinticinco años de historia de *La Hora de los Talentos de Haverty*, iba a cantar una alumna de segundo año nada menos que en el recital del Día
de la Madre.

Holly Faye Lovell.

Después de que Ditz moviera sus influencias
y Holly se asegurara la candidatura por parte
de los profesores, la habían citado en la oficina de
los productores de la televisión para hacerle una
audición. Además de decidir por unanimidad
que la incluían en el recital del Día de la Madre,
acordaron que cerraría la actuación.

Ditz la había llevado de compras a por el
vestido más fantástico que había visto nunca. Un
bonito shantung de color melocotón con corpiño
y falda con vuelo de tul. Holly se había quedado

boquiabierta cuando el vendedor de la boutique dijo el precio, pero Ditz ni se inmutó.

—Esto no es nada en comparación con lo que tú has hecho por mí —dijo encantada. Luego los zapatos, las medias, los pendientes... y la pulsera de Tyler y las propias perlas de Holly.

Ditz estaba sentada entre el público con Wanda, Juanita, Ruby, Annabel y Tyler, en espera de que actuase Holly. Holly estaba hecha un flan sólo de pensar en el público, en particular de las seis personas que tanto significaban para ella.

Holly iba siguiendo las actuaciones. Se emocionó con un número de violín y llevó el ritmo con otro de música popular. Y por fin le tocó salir a ella.

—¿Preparada? —le preguntó su profesora de voz, Natalie Edwards.

—Preparada —contestó Holly. «Señor, concédeme emplear mi voz según tus designios. Haz que mi madre y las personas que quiero se sientan orgullosas de mí.»

Echó los hombros para atrás, respiró hondo y
salió al escenario de Haverty con todo su aplomo,
tal como había visto hacer a otros muchos intérpretes.

—Buenas noches —dijo con voz clara y confiada—. Me llamo Holly Faye Lovell y soy de Biscay, Mississippi. Voy a cantar *The Wind Beneath
My Wings*. Me gustaría dedicárselo a mi madre,
Wanda Jo.

Mientras la orquesta empezaba a tocar, Holly
cantó las primeras palabras de la canción, una de
sus favoritas. Palabras que le resultaban familiares y
ella pronunciaba forzando ligeramente las notas.

Se le vinieron a la cabeza recuerdos de otros
tiempos y canciones. Canciones con su madre en el
baño de pequeña..., tarareos en el columpio del porche..., canturreos en el coche..., haciendo voces a
la luz de la luna en el patio en las noches de verano.

Recuerdos musicales que hicieron que le doliera el corazón por todo el amor que su madre
sentía por ella y todo lo que había dado por ella.

La orquesta la seguía.

—¿Te he dicho alguna vez que eres mi heroína? —cantó Holly buscando a su madre entre el público. Su voz bajaba y subía y seguía subiendo. La música fluía con un mensaje sincero y una melodía preciosa.

Ditz había dicho que Holly necesitaba hacer algo para demostrar su amor a Wanda. Algo que Wanda no olvidase jamás.

Al escuchar la voz de Holly elevarse por el cielo de Mississippi supo que había dado en el blanco.

Al terminar, el público estalló en aplausos y, puesto en pie, le tributó una larga ovación. Holly no tenía ni idea de que pudieran aplaudir tan fuerte. Por un momento, un momento único, parecieron temblar aquellos sólidos y majestuosos muros con más de un siglo de antigüedad.

A Holly por poco le dio un ataque de nervios cuando vio acercarse a Frank Shepherd. Eso eran palabras mayores. Frank Shepherd no se dirigía más que a los intérpretes muy destacados. Sólo los mejores intérpretes de *La Hora de los Talentos de Harvey* habían tenido la oportunidad de charlar con él en el escenario después de la actuación.

Procuró estar todo lo normal que podía estarlo una chica de quince años que acababa de hacer su debut televisivo y seguía en el escenario.

—¡Ha sido una de las mejores actuaciones que se han visto en el escenario de Haverty! —proclamó Frank Shepherd tomando sus temblorosas manos entre las suyas—. Tenemos ante nosotros a una joven con futuro —el público volvió a aplaudir.

Holly esperó que las rodillas no le fallasen cuando vio acercarse a un cámara para tomar primeros planos.

—Gracias, señor Shepherd.

Frank Shepherd señaló el collar de perlas de Holly.

—¿Este bonito collar ha sido un regalo especial para la ocasión? Al fin y al cabo —dijo dirigiéndose al público con sincero asombro— Holly Faye Lovell es la persona más joven que ha actuado en *La Hora de los Talentos de Harvey.*

Otra salva de aplausos. Holly, cegada por las candilejas, buscó entre el público hasta que volvió a localizar a su madre.

—Estas perlas son regalo de mi madre.

«De mis dos madres», pensó.

Frank Shepherd parecía complacido de haber acertado.

Holly respiró hondo.

—Y ya sé que son caras, pero no son ni el mayor regalo que me han hecho ni tampoco el más importante. El mayor regalo es el regalo del amor... y el de la vida. Todo el mundo tiene madre —dijo Holly al público— y me figuro que para cada uno la suya es la mejor. Pero en mi caso lo es. De verdad que sí. Te quiero, mamá —dijo con voz entrecortada mientras se secaba las lágrimas.

Frank Shepherd carraspeó.

—Holly Faye, eres una chica extraordinaria. Creo que, como es nuestro especial del Día de la Madre, es justo que llamemos a la señora Wanda Lovell para que se reúna con su preciosa hija en el escenario.

Un acomodador acompañó a Wanda para que subiera las escaleras y abrazara a Holly. El público estaba encantado. Holly y Wanda se fundieron en un largo abrazo.

Mientras les tomaban un primer plano, Holly se fijó en que la cámara había captado el lado bueno de la cara de Wanda, el de la marca de nacimiento. Porque, al fin y al cabo, esa marca de nacimiento era la que hacía de su madre la mujer más hermosa del mundo.

El amor es el lenguaje del corazón en todo el mundo, pero especialmente en los pueblos pequeños del Sur. Biscay, Mississippi, no es una excepción. El amor se cuela por las casas en forma de abrazos y besos de corazón y flota sobre los prados floridos y los lagos de aguas como espejos. En Biscay, el amor es lo que da la vida.

Porque las personas son así, tienen esperanza y fe en el corazón e ilusiones en la mirada..., sobre todo los nacidos en Biscay, Mississippi.

ESTE LIBRO SE TERMINÓ DE IMPRIMIR
EN EL MES DE SEPTIEMBRE DE 2001 EN
LOS TALLERES GRÁFICOS HUERTAS, S. A.
FUENLABRADA (MADRID).